文春文庫

巡り合い

仕立屋お竜

岡本さとる

文藝春秋

目次

主な登場人物

お竜……………………鶴屋から仕事を請け負う仕立屋　しかしその裏の顔は……。

鶴屋孫兵衛……………老舗呉服店の主人　八百蔵長屋の持ち主でもある。

北条佐兵衛……………剣術の達人　お竜を助け武芸を教える。

井出勝之助……………浪人　用心棒と手習い師匠をかねて、鶴屋を住処にしている。

権三……………………一膳飯屋〝とみ〟を切り盛りする。

隠居の文左衛門………孫兵衛の碁敵　実は相当な分限者。

巡り合い

仕立屋お竜

この作品は「文春文庫」のために書き下ろされたものです

一、姉弟《あねおとうと》

㈠

秋とは名ばかりで、江戸の町には残暑が居座っていた。

それでも朝夕には、少し涼風が吹き抜けるようになってきて、汗ばむ顔が僅《わず》かに冷やされると、人々の口許が綻《ほころ》んだ。

長屋の一間《ひとま》に籠《こ》って、着物の仕立をして暮らすお竜《りゅう》は、出来るだけ朝夕に仕事をこなし、暑い真昼に届けるようにしていた。

そうしてこの日も、昼になって家を出ると、井戸端の日陰に、長屋の女房達が鍋、釜を手に集まってきていた。

「おや、どうかしましたか?」

相変わらず人見知りのお竜ではあるが、これくらいの言葉は自分からかけられるようにはなっていた。

「ああ、お竜さん、これからお届けかい?」

女房の一人が、にこやかに応えた。

物静かではあるが、誰かが困っていると、見過ごしにはしない。

そんなお竜を、女房達は少しずつ頼りにし始めている。

「見ておくれな。ひどいもんだよ」

女房達は、訴えるような表情で、鍋、釜を掲げてみせた。

「これは確かに、ひどいですねえ……」

鍋釜には、どれも小さな穴が空いている。

この〝八百蔵長屋《やおぞうながや》〟は、裏店《うらだな》にしてはなかなかに気の利いた造りで、家の裏手には小庭が付いている。

猫の額くらいの広さなのだが、日当りは悪くないので、洗い物などを乾かしたり、あまり使わない物を一時《いっとき》置いたりもする。

今日は朝から鍋、釜、皿、茶碗などを一旦小庭に置いて、土間と台所を掃除していた女房達三人であったが、気が付くと鍋に穴が空いていたのだそうな。

「誰がそんなくだらない悪戯《いたずら》をするんでしょうねえ」

お竜は眉《まゆ》をひそめた。

朝の内は物売りが通ったり、井戸端からは賑《にぎ》やかな女房達の声が聞こえたりで、裏の物音にはどうしても耳が遠くなるものだ。

その間に、何者かが鍋釜に鉄槌《かなづち》などで、穴を空けて逃げ去ったと思われる。

どれも小さな穴なので、その辺りの悪童の悪戯のようだ。

「親に見つかったら、こっぴどく叱られるだろうにねえ」

一人の女房が嘆《なげ》くと、

「親に逸《はぐ》れた子かもしれないよ」

もう一人の女房が、溜息《ためいき》交じりに言った。

まだ大人に成り切れていないうちに親と逸れ、破落戸《ごろつき》に交じって暮らす子供もいる。

そういう子供にとっては〝八百蔵長屋〟の住人達が妬《ねた》ましいのかもしれない。

「ちょいとからかってやろうぜ」

などと言って、鍋釜に穴を空けて、ささやかなうさ晴らしをしているのに違いない。

「お役人に訴え出るほどの話じゃあないしねえ……」

「悪戯される方がのろまなのかもしれないよ」

「いや、悪戯されているくらいが、幸せだと思ったら好《い》いよ」

「ははは、まったくだね。でも、見つけたらとっちめてやろうよ」

女房達が口々に言って笑っている姿は、真《まこと》にたくましい。

「あたしも気を付けるようにいたしますよ」

お竜はにこやかに頷《うなず》いてみせた。

すると、誰かが呼びに行ったのであろう。

鋳掛屋《いかけや》が、井戸端の日陰にやって来て、女房達にぺこりと頭を下げ、

「鋳掛屋でございます……。穴が空いちまったってえのは、こちらでございますかい」

と、鍋、釜を見廻した。

「まあ、これくれえの小さな穴なら、すぐに直りまさあ」

鋳掛屋は、その場で道具を広げて修繕にかかった。

「穴は小さくったって、このままじゃあ使えないしねえ」

「困ったもんだよ」

「小さい分、安くしてくれるのかい？」

女房達は、次々と鋳掛屋に声をかける。

お竜がこの長屋に越してきた時は、長屋には独り者の職人が多く、実に静かであったが、そのうちに嫁を迎《むか》えた者、女房子供と共に新たに引っ越してきた者が増え、たちまち賑やかになっていた。

表の顔は腕の好い仕立屋だが、裏の顔は悪人達を密かに屠《ほふ》る〝地獄への案内人〟のお竜である。

悲惨な過去も相俟《あいま》って、人交わりが不得手で、以前は静かな長屋がありがたかった。

しかし、案内人の元締である、隠居の文左衛門《ぶんざえもん》の許で生き甲斐を見出すうちに、今ではこの賑やかさが気にならなくなっていた。

むしろ、人の温かみに包まれているような気がして、ほのぼのとさせられるのだ。

以前ならこういう場合は、女房達にひとつ会釈して、そそくさと長屋を出たものだが、しばしの間、お竜は女房達と鋳掛屋の仕事を眺めたものだ。

鋳掛屋は三十半ばで痩身、女達に見つめられて、やり辛そうであったが、

「穴が小せえ分、お安くしておきますよ……」

などと応える愛敬は持ち合わせていた。

照れたように笑うと、目が糸のようになって垂れ下がる。

決しておもしろみのない男ではないのだが、鋳掛屋の体からはどこか哀愁が漂っている。

若い頃から苦労を重ね、やっと町の鋳掛屋として暮らしていけるようになったものの、過去に背負った心の傷が未だに疼《うず》き、それが翳《かげ》りとなって顕《あらわ》れる――。

お竜の目にはそんな風に映ったのだ。

ここに居合わせる女房達には、そこまでの洞察はないだろうが、人は自分と同類の者を嗅《か》ぎ分ける力を備えるものだ。

特にお竜は、稀代《きたい》の武芸者・北条佐兵衛《ほうじょうさへえ》に命を救われ、三年もの間みっちりと武芸を仕込まれたゆえに、鋭い感性が身に付いていた。

とはいえ、たまさか長屋に鍋、釜を直しにきた鋳掛屋を見かけただけで、そんな想像を瞬時に巡らせている自分に、お竜は呆《あき》れてもいた。

見かけぬ者を目にすると、つい探るように窺《うかが》ってしまう。

それだけ日々の暮らしに余裕が出たとも言えるが、生死の境目を行き来する者の定めを覚え、心中苦笑いを禁じえなかった。

いや、その余裕が幸せへの第一歩だと考えることにしよう。

黙々と火を熾《おこ》して、鍋、釜の穴を埋めていく鋳掛屋の熟練した技をしばし眺めると、

「あたしもこうしちゃあいられませんでしたよ。稼ぎに行ってきます……」

お竜は女房達に明るく声をかけて、長屋の露地木戸を出た。

そうして、長屋からほど近い、新両替町《しんりようがえちよう》二丁目の呉服店〝鶴屋《つるや》〟に仕立物を届けると、すぐに店を辞した。

主人の孫兵衛《まごべえ》は、

「まあ、お茶でも飲んで、一息入れていってください」

と言ってくれたが、今日はこれから一膳飯屋〝とみ〟へと出かけ、中食《ちゆうじき》をとろうと思い立ったのである。

〝とみ〟は、隠居の文左衛門の馴染《なじみ》の店である。

主人は権三《ごんぞう》という五十過ぎのいかついおやじだが、料理の味もよく、品数もひとつに決まっているから、考えずとも座っただけで出てくるのがありがたい。

権三は、そもそも浪人の子に生まれたが、若い頃に放蕩無頼が祟《たた》って島送りになったこともある。

それでも恋女房のお富《とみ》に支えられ、この一膳飯屋を続けてきた。

お富の死後は、かつての兄貴分であった仁兵衛《にへえ》を迎えて、罪を償ったものの、世の中から受け入れられない無宿者の更生に、命を張る俠気《きようき》を見せてきた。

この店の様子を知った文左衛門が、たちまち権三を贔屓《ひいき》にして、あれこれそっと手を差し伸べてきたのは、当然の成り行きであっただろう。

昨年、仁兵衛が義俠に体を張って命を落した時は、既に〝とみ〟の常連になっていたお竜は、文左衛門からの依頼で相棒の井出勝之助《いでかつのすけ》と、剣の師・北条佐兵衛の助けを得て、密かに敵を地獄へ送った。

それ以降は、気になりつつも、悪い奴とはいえ人を殺したばかりでは、店にも行き辛く、足が遠のきがちになっていたのだが、

――そろそろ足繁く昼を食べに行っても、好い頃のはず。

と、予《かね》てから思っていたのだ。

しかし、少し足が遠のくと、行くきっかけがいるものだ。

久しぶりに店へ入り、ただニヤリと笑って食事をすませ、

「また来ますよ」

さらりと帰り、またその翌日に同じように食べに行く――。

そんな立居振舞《たちいふるまい》が出来るほど、自分にはまだ貫禄がついていないと、お竜は思っている。

店に入った時に、何か気の利いたことを言いたいものだ。

今日は、よい言葉が頭に浮かんでいた。

それを何度も頭の中で繰り返しているうちに、お竜は芝口橋を渡っていた。

そこから西へ少し行ったところに〝とみ〟はある。

昼も時分を少し過ぎたところで、縄暖簾《なわのれん》の向こうを覗《のぞ》くと、店は一息ついたようで、しかめっ面の権三が長床几《ながしようぎ》に腰をかけ、

「いつになったら涼しくなるんだよう」

汗を拭きながら、忙《せわ》しく団扇《うちわ》で煽《あお》いでいた。

「まあ、もう少しの辛抱さ」

権三の横に立って、団扇の風を送ってやっているのは熊吉《くまきち》である。

彼もまた〝入れ墨者〟で、車力《しやりき》をしていたのであったが、仁兵衛の死後、敬慕する権三を手伝うようになっていた。

「ごめんなさいよ……」

お竜は縄暖簾を潜《くぐ》ると、二人にニヤリと笑った。

「こいつはお竜姉さん……」

熊吉が、相変わらず髭《ひげ》だらけで熊のような顔を綻ばすと、権三もまた、

「来てくれたのかい。嬉しいねえ……」

と、相好《そうごう》を崩した。

「うちの長屋で、鍋、釜に穴を空けられた人が何人もいましてね。ここは無事かと気になったのですよ」

お竜は、とっておきの言葉を告げた。

「はははは、そいつはひでえや。お蔭さんでうちの鍋釜は無事だよ」

「それは何よりでしたよ。もっとも、ここに悪戯を仕掛ける命知らずはいないでしょうが」

「いやいや気をつけるとしよう。あの一膳飯屋の口うるせえ爺ィの鼻を明かしてやろう、なんて悪いガキもいるだろうからねえ。熊、お前《めえ》も気をつけな」

「ああ、おれが見つけてげんこつをくらわしてやるよ。だがよう、おれもガキの頃は、近所の家の鍋釜に、穴を空けて廻ったことがあったよ」

「熊、お前の仕業《しわざ》じゃあ、ねえだろうな」

「だから、ガキの頃の話さ」

たちまち話が弾むうちに、お竜が腰かけた床几に料理が運ばれてきた。

本日の料理は、鯖《さば》の塩焼き、漬物、茄子《なす》の味噌汁の一汁二菜であった。

日々使用する鍋、釜を壊す連中は許せないが、こっちはお蔭で〝とみ〟に来る口実が出来て美味しい昼飯にありつけたというものだ。

「うん、おいしい……」

お竜は来てよかったと、舌鼓を打ちながら、

――あの鋳掛屋さんに今度会ったら、この店を教えてあげよう。

と、想いが過《よぎ》った。

無宿者とまではいかずとも、お竜には鋳掛屋が過去に何かをしでかした男のように思えた。

しかしここなら、あの鋳掛屋も、ゆったりと寛《くつろ》げるのではなかろうか。

少しお節介だが、〝とみ〟の常連が増えるなら、お竜にとっても嬉しいことだ。

そんなことを考えていると、

「ただ今……!」

「買ってきたよ!」

幼い姉弟《きょうだい》らしき二人が、野菜が入った籠を抱えて店に入ってきた。

「おう、ご苦労！」

熊吉が威勢よく迎えると、

「そいつを板場に置いたら、遊んでおいで」

権三が、籠の隅に駄賃を置いてやった。

姉と思《おぼ》しきが十二歳くらい、弟と思しきは十歳くらいであろうか。

二人はお竜を見て小腰を折ると、

「いらっしゃいまし」

「おやかましゅうございました」

世慣れた物言いをして、店の奥に入っていった。

お竜は呆気《あっけ》にとられて、

「かわいいのがお手伝いを？」

権三と熊吉を交互に見た。

「ちょっとの間、預かっているのさ」

権三が苦笑いを浮かべた。

「実はおれに孫がいた……、なんてわけじゃあねえんだが、おりんと幹太郎《かんたろう》、姉弟でね。見かけたらかわいがってやってくんない」

「おりんちゃんに幹坊……。姉弟か。好いですねえ」

お竜はもう少し、姉弟について知りたかったが、権三と熊吉はそれ以上何も語らなかった。

こういう店では、自《おの》ずと事情が知れるまでは、詮索しないに限る。

「ごちそうさま。またきますよ」

とにかく久しぶりに食べに来てよかったと、お竜は上機嫌で店を出た。

㈡

荒くれ達が集まり、助け合い、世間からの偏見と戦う。そして過去の罪を洗い流しながら、温かい飯に一時腹を充《み》たし、幸せな気分になる——。

一膳飯屋〝とみ〟は、そのような店である。

そこにあどけない姉弟が身を寄せているというのは、奇妙であり、何とも興をそそられる。

権三が、

「……見かけたらかわいがってやってくんない」

と言っているのだから、また"とみ"に飯を食べに行った折に見かけたら声をかけてあげればよい。そのうちに姉弟の事情も知れるであろう。

そのように思っていたお竜であったが、店に行った翌日には、大凡《おおよそ》の事情を知ることになった。

いつものように、呉服店〝鶴屋〟に顔を出し、注文をもらって表へ出ると、

「お竜さん……」

そば屋の〝わか乃〟の二階座敷から顔を覗かす文左衛門に、声をかけられた。

「ちょいとお付合いくださいな」

これまた、いつもの昼の誘いであった。

勝手知ったる〝わか乃〟である。

お竜は、さっさと文左衛門の定席《じょうせき》へと上がって、そばと天ぷらを相伴《しょうばん》した。

声をかけられた時は、案内人としての仕事に繋がる話が出るのであろうかと、緊張が走ったが、隠居の口ぶり、表情を見ればそうでないのがわかる。

中食をとろうと馴染の〝わか乃〟に来てみれば、窓からお竜の姿が見えたので、まず声をかけて付合ってもらおうと思ったらしい。

ほっと息をつくと、

――いつもながら、ありがたいご隠居だ。

嬉しさが込み上げてきた。

他人のことに興をそそられ、思いやれるようになったのは、すべて文左衛門との出会いによるものだ。

だが文左衛門は、許せぬ悪事を挫《くじ》くためとはいえ、お竜が身に付けた武芸を、殺しのために使わせている自分の所業に、内心忸怩《じくじ》たるものがある。

それゆえ、日頃は娘を慈《いつく》しむかのように、お竜に接する。

そういう文左衛門の気持ちがよくわかるので、

――このご隠居のためなら、いつだって命をかけられる。

お竜は常にそう思っているし、そんな人がいることに、つくづくと喜びを感じるのであった。

「仕立の腕が、ますます上がったようですな」

文左衛門は、一合くらいなら仕事に差支えはないでしょうと、酒を勧めながら、ゆったりとお竜を見た。

「鶴屋の旦那さまが、仰《おつしや》っていたのですか？」

「ええ、昨日は孫兵衛さんと、碁を打っておりましてな」

「そんな時に、思い出していただけて、嬉しゅうございますよ」

お竜は恭《うやうや》しく頭を下げると、

「あたしは昨日、久しぶりに〝とみ〟でお昼をいただきました」

数少ない自分の話題を持ち出した。

今日、文左衛門にこうして昼を誘われたのは、好都合であった。

「そうでしたか」

「かわいい姉弟が、お手伝いをしていましたよ」

「おりんと幹太郎でしたかな」

「ご隠居はもう、すっかりと仲よしなのですか？」

お竜はさりげなく訊ねてみた。

「いえ、二度ばかり見かけただけでしてね。このところ野暮用が多くて、〝とみ〟へ食べに行くことが、なかなか叶いませんでしてねえ」

文左衛門は頭《かぶり》を振ると、少し思い入れをした。

文左衛門もまた、おりん、幹太郎姉弟が気になっていたと見える。

「左様でございましたか。あたしも見かけただけでして、ご隠居はもうよくご存知なのかと思いましてね」

「やはり気になりましたか」

文左衛門は小さく笑った。

「はい。でも、訳がありそうなので、あれこれ訊ねるのも気が引けまして」

「それはわたしと同じだ……」

とはいえ、文左衛門が二、三度店で姉弟を見かければ権三としても、何も伝えないわけにもいかず、

「あれは存じよりの子供でしてね。まあ、親には恩も義理もねえんですが、ちょいと不憫《ふびん》になって、うちで預かることにしたのでございます」

と、かいつまんで話をしたという。

存じよりというのは、この店に集う脛《すね》に疵《きず》持つ客の一人で、少し前に女房を亡くし、男手ひとつで姉弟を育てていたのだが、

「こいつがいささか酒癖が悪うございましてね」

で、あるそうな。

ただでさえ、過去にしくじりを犯した男が、まっとうに世の中を生きていくのは苦労が多い。子供二人を抱えているとなれば尚さらだ。

さらに女房に死なれては、酒にうさを晴らすしか、平常心を保っていられなく

なるのも無理はない。

日頃は誰にでもやさしく気の好い男なのだが、酒を飲むと人が変わったようになるのである。

喧嘩《けんか》口論が多くなり、これを子供に諫《いさ》められると、

「やかましいやい！　誰のために、おれがこんな苦労をしていると、思ってやがるんだ……」

などと、子供に言ってはならぬ言葉を口走り、先日はついに手をあげてしまった。

子供を叱るためにぶったのではない。

諫められたのが気に入らずに娘の頰をはたいたのだ。そしてそれを止めに入った息子を突きとばし、手と足に怪我をさせてしまった。

日頃はやさしい男であるだけに、酔いが醒《さ》めると、

「おれは何て馬鹿なんだ……」

落ち込みようもまた激しくなる。

「おりん、幹太郎、すまなかったな。おれはもう喧嘩したりはしねえから、堪《こら》えておくれ」

周囲の者にも子供達にも、くどくどと詫びるのだが、その情けなさをごまかすために、とどのつまり酒を飲んでしまう。

こうなると仕事にも身が入らなくなり、宿酔《ふつかよい》の朝を迎える日も多く、子供達にまた情けない姿をさらすことになる。

この間、姉弟は手習いに行けばよいのだろうが、こんな暮らしでは方便《たつき》もままならず、おりんと幹太郎にしてみても、手習いどころではなくなる。

それで、おりんと幹太郎は、普請場《ふしんば》に木屑を拾いに行ったり、米屋の表を掃除して、こぼれた米粒をもらって帰ったりして、子供なりに智恵を絞って、方便を助けんとし始めた。

親の名は、団二郎《だんじろう》という。子供達の孝養についてはありがたく思うし、嬉しいことなのだが、

「子供達をそんな気にさせたのは、手前の不甲斐なさだと、団二郎はまたふさいじまいましてね……」

悪い方へ、悪い方へと進んでいくのだ。

それで権三は、悩める団二郎に、

「少しの間、子供達と別れて住んだらどうなんだい」

と、持ちかけた。

団二郎は、女房を亡くしてから、何度か〝とみ〟に子供を連れて食べに来たことがあったので、権三は姉弟を知っていた。

熊吉も二人をかわいがっていたので、

「おりん坊も幹坊も、うちの手伝いをしながら、ちょっとの間、ここで暮らさねえかい」

と、姉弟に持ちかけた。

これに団二郎も異存はなく、

「権三の親方、恩に着ますぜ……。気うつが収まり、好い酒が飲めるようになったら、きっと引き取りに参りますので、ひとつよろしくお願いします……」

涙ながらに頼み、

「こんな親父ですまねえ、埒《らち》が明くまで待っていておくれ……」

おりんと幹太郎には詫びながら、今に至っているのだ。

「そういうことだったのですか……」

文左衛門から話を聞いて、お竜は嘆息した。

「少し店に行かない間に、色々なことが起きているというわけですな」

団二郎とはいつもすれ違いで、会ったことはないのだが、

「子供達の健気《けなげ》な様子を見ていると、肩入れをしたくなりますが、わたしが出しゃばって、権さんの楽しみを奪《と》ってもいけませんからねえ。しばらくの間は、見て見ぬふりを決めこもうと思っていたのですが、そろそろ気になり始めていたところでね……」

と、文左衛門はニヤリと笑った。

今のところ、姉弟は気の病から酒に走る父親から離れて、一時、権三と熊吉の世話になっているとしか、文左衛門は聞いていない。

この件に関しては、出しゃばりたくないが、もう少し状況を知っておきたいというのが本音であった。

「ちょうどよかった。お竜さん、権さんは子供の扱いが、それほど達者ではないから、気をつけてあげてくださいな」

その上で、自分にもこれからの成り行きを教えてもらいたいと、文左衛門は暗にお竜に伝えているのだ。

相変わらずこの隠居は、お節介が道楽であるらしい。

「承知いたしました」

お竜は、大仰《おおぎょう》に畏《かしこ》まってみせた。

満足そうに頷く文左衛門を見ていると、楽しくなってくるのが、我ながらおかしかった。

㈢

それから数日の間。お竜は昼になると〝とみ〟へ出かけた。

行けばいつも、おりんと幹太郎が、権三、熊吉と一緒に出迎えてくれて、あれこれとお竜の世話を焼いてくれた。

〝とみ〟に飯を食べに来る客達は、いずれも権三を慕う強面《こわもて》の男ばかりであるから、姉弟にとっては、凛《りん》として、且《か》つ小粋な風情《ふぜい》を醸《かも》すお竜が珍しいのであろう。

また、権三がお竜の噂話をして、女気のない一膳飯屋のことであるから、

「何かあったら、あの姉さんに話を聞いてもらえば好いさ」

などと耳打ちをしているのかもしれない。

特におりんは、仕立屋として自立していて、強面の常連からも、

「こいつは姉さん……」

「来てくれて嬉しいねえ」

「はき溜めに鶴ってえのはこのことだ」

などと人気がある。

「馬鹿野郎！　おれの店をはき溜めって言いやがったな」

と権三を笑わせるお竜の様子に、憧れるのであろう。何かというと傍に寄ってきた。

お竜はそんなおりんをかわいがり、店が手すきの折には、

「ちょいとここへお座りなさいな」

と、髪を結《ゆ》ってあげたり、野の花を髪飾りにして挿《さ》してあげたりして構ってやった。

腕白な幹太郎には、股引《ももひき》の傷んだところに端切《はぎ》れを当てて繕ってやった。

姉弟は大喜びで、ますますお竜に引っ付いて廻り、

「それくれえにしな。お竜さんも暇じゃあねえんだ」

と、権三に窘《たしな》められたものだ。

しかし、お竜は、姉弟に構ってやるのが、楽しくてならなかった。

文左衛門から、姉弟のことを気をつけてあげてもらいたいと言われていたが、

子供達がどれだけ自分に懐いてくれるか不安であった。

それが、たちまちのうちに、お竜が来るのを心待ちにしてくれるようになったのだから、嬉しかったのだ。

悪人達を地獄へ案内するばかりが人助けではない。

文左衛門の許にいると、時折はこのように、血を流さずにすむ善行に出合えるのが、ありがたかった。

複雑な事情を抱えた姉弟が、道を踏み外さぬよう、大人達が見守ってあげねばならない。

権三、熊吉はその想いをもって、姉弟の世話をしてやっているのだが、彼らの目が届かないところで、役に立てている。

その満足感は、渇いたお竜の心に潤いを与えてくれる。お竜にとっても必要な行いなのであった。

実の父と、一時は惚れて一緒になった夫に、塗炭の苦しみを味わわされ、まず実父をこの手で殺してやろうと付け狙ったところ、既に喧嘩の怪我が祟って死んでいたと知った。

そして、逃れて別れたかつての夫は、〝地獄への案内人〟として、自らの手で闇に葬ってやった。

あまりにも暗く悲惨なお竜の過去を、明日に繋がる思い出にするためには、汚れなき姉弟との触れ合いもまた、貴重な一時《ひととき》となるのである。

「お竜さん、文左衛門のご隠居から、大凡のところは、聞きなすったかい」

姉弟のいない隙を衝《つ》いて、権三はお竜に問うてきた。

「はい、大凡のところは……」

お竜はにこやかに頷いた。

自分も文左衛門も、もう少し詳しいところを知りたいと思っている——。

笑顔の中に、その気持ちを浮かべて見せた。

権三には、あれこれ言わずとも想いは伝わる。

「ご隠居の手を煩《わずら》わせてもいけねえと思ってね……」

「それはよくわかります」

「でも、姉さんの手を煩わせてしまったよ」

「あたしは好きでしていることですよ」

「そう言ってもらえるとありがてえ。あっしらには目の届かねえところもあるから、大助かりですよう」

「あたしも、そう言ってもらえると、ありがたいですよ」

「へへへ……」

「ふふふ……」

陰でこんな話を大人達がしてくれている。

おりんと幹太郎は幸せであった。

一文の得にもならぬことに、喜びを見出す大人の心情を、まだ幼い姉弟は知る由《よし》もない。

「二人の父親は団二郎というんだが、なかなか昔の辛い思い出から、抜け出せずにいてねえ……」

「それで、ついついお酒に逃げてしまうわけですね」

「そういうことさ」

「辛い思い出とは？」

「そいつはあれこれとあるんだろうが、何よりも寄場《よせば》にいた頃のことらしい……」

「団二郎さんは、寄場にいたのですか」

「ああ、水玉人足《にんそく》ってやつさ」

寄場とは、石川島にある〝人足寄場〟のことである。正式には〝加役方《かやくかた》人足寄場〟という。

寛政二年（一七九〇）に幕府によって設けられ、軽い罪を犯した者、無宿者が更生出来るように、ここへ一旦収容し、様々な職の技術が習得出来るように工夫が施された。

約三年くらいで世に送り出し、職に就けるよう手助けもした。火付盗賊改《ひつけとうぞくあらため》として有名な、長谷川平蔵《はせがわへいぞう》が献策設立をしたことで知られているが、今では町奉行所の支配となっている。

寄場のお仕着せが水玉模様であったため、寄場にいる者は〝水玉人足〟と呼ばれていたのである。

団二郎は、若い頃から気立てのやさしい男であった。芝の横新町《よこしんちょう》の出で、早くに二親《ふたおや》を亡くしたが、近所の幼馴染であったおいしと恋仲で、末を誓い合っていた。それなのに、友達の喧嘩に巻き込まれて、寄場送りとなってしまった。

「気の好い男だっただけに、友達付合いを欠かさなかったのが災いしたんだろうねえ」

付合ったところが小博奕《こばくち》の場で、そこで喧嘩が起きて、団二郎は捕えられてしまったらしい。

無事に三年で出てこられたのは、団二郎が真面目に務めたからであろう。

そして、団二郎が出てくるのを待っていたおいしが引き受け、晴れて二人は夫婦となったのだが、

「口には出さねえが、寄場にいた頃に、随分と嫌な想いをしたんだろうよ」

と、権三は見ていた。

彼もまた、島送りになった昔があり、運よく赦免されて、お富に迎えられて一膳飯屋のおやじになったのだが、

「島にいた頃を思い出すと、今でも暴れたくなる時があるからねえ」

と言う。

そもそもが、剣術をかじった浪人者で、何かというと大暴れをしていた権三さえも思い出に荒れるのだ。気立てのやさしい団二郎は尚さら負の記憶に襲われ、身もだえする時があるに違いないと権三は思うのだ。

おいしと、この一膳飯屋にほど近い芝口一丁目で所帯を持った団二郎は、権三の過去を知り、親しみを覚えたのか、時折店に姿を見せるようになり、自分が寄

場にいたことを告げて、

「親方は、昔のことを思い出して、くよくよしてしまうことなどねえですかい？」

などと、訊ねてきた。

「そりゃあ、あるさ。おれ達みてえな昔を持つ者は、誰だってそうじゃあねえのかい」

「そんな時は、どうすりゃあ好いんでしょうねえ」

「恋女房と子供の顔を見ているうちに忘れちまうだろう」

「だが、女房子供の前でしけた面《つら》ァするのも、はばかられましてねえ」

「その気持ちはわかるよ。女房にあの辛さをわかれったって無理な話だ。くよくよしたところを見せたくねえしよう」

「へい、まったくで……」

「まあ、酒でもかっくらって寝ちまえば好いさ。朝になりゃあ、嬶《かか》ァのために今日も張り切っていこう、なんて気になるよ」

そんな話をしていたのだが、それから時に団二郎は外で酔い潰れるようになった。

それでも、おいしが迎えに来ると、猫のように大人しくなり、素直に家へ帰って、

「昨日はどうも……」

などと、次の日は周りの者達を前に、頭を掻いて、愛敬を見せていた。

ところが、そのおいしが病に倒れ帰らぬ人となると、団二郎が酒に酔い潰れる日が増えた。

おりんと幹太郎が、おいしの代わりを務めて、団二郎を迎えに行くと、さすがにその場は収まるのだが、寄場にいた頃の辛い想いに、おいしを失った心の痛手が加わり、団二郎は次第に酒に呑まれるようになった。

そして、乱暴を働くに至って、権三が姉弟を預かることになったのである。

「なるほど……。おかみさんを亡くして、それが心の傷になっただけではなかったのですねえ」

お竜は得心した。

彼女にはわかる。まだ、おしんという名で生きていた頃の地獄のような苦しみ。

そこから脱け出さんとして、前夫の乾分《こぶん》を殺してしまった時の絶望。

それらの悪しき思い出が刻まれた竜の彫物は、右の太股の一生消せない疵とし

て、お竜の体に息づいている。

自分を助けてくれた北条佐兵衛が、三年の間みっちりと武芸を仕込んでくれたことで、お竜には心の傷を克服する強さが身についた。

しかし、あの出会いがなかったら、もし命長らえていたとしても、襲いくる忌わしい記憶に、心身共にぼろぼろになっていたであろう。

お竜は独り身ゆえやってこられたが、子供二人を抱える団二郎は、その分悩みも多かったのは容易に頷ける。

「いったい、寄場で何があったのでしょうねえ」

「さあ、そいつを知ったところで、どうなるものではねえし、まず今は、一人で酒と戦わせるしか道はないと思っているんですよう」

「親方の言う通りですねえ」

「考えてやらねえといけねえのは、あの子達のことだ……」

おりんも幹太郎も、父親の世話から自由になり、一膳飯屋での暮らしを楽しんでいるように見える。

お竜が構ってやるようになってからは、ますます元気が出ていた。

とはいえ、皆気の好い者ばかりだといっても、〝とみ〟にはむくつけき男達が集まり、子供が育つにはよいところとは言えまい。

夜になってくると、好い調子で酒を飲み、下卑た物言いをする客も店にはいるのだ。

「ひとまず、手習いには行かせねえと、下らねえことばかり覚えちまう」

「それについては、あたしに好い考えがありますから、任せてください」

「お竜さんに、そんなことまでしてもらっちゃあ……」

「いいえ、ご隠居に一肌脱いでもらいますから」

「そいつはますますいけねえや」

「いいえ、権三親方の楽しみをとってはいけないと遠慮していますが、何かお節介を焼きたくてうずうずしていますから」

「ご隠居が？　はははは、ありがてえお方だねえ」

「ありがた過ぎて、涙が出ますよ」

「まったくだ」

「ところで、寄場では何かの職を身に付けるように、お指図を受けると聞いておりますが、団二郎さんは何を選ばれたのです？」

そういえば、団二郎の生業《なりわい》を聞いていなかったと、訊ねてみた。

「こいつはいけねえ。ご隠居にも奴の生業は話していなかったねえ。団二郎は鋳掛屋なのさ」

「鋳掛屋……」

「親の代からの鋳掛屋でね。親父に早く死に別れたから、仕事を覚えるのに苦労したそうだが、寄場に入った時は、一端《いっぱし》の鋳掛屋だったから、わざわざ教わるほどのもんじゃあなかったそうだ」

「そうでしたか……」

お竜の脳裏に、先日〝八百蔵長屋〟に、鍋、釜を直しに来た、あの鋳掛屋の顔が浮かんだ。

――きっとそうに違いない。

鋳掛屋の体から漂っていた哀愁と翳りを思うと確信が持てる。

初めて見た時の印象が強い相手とは、不思議とまた何かの縁で繋がることが多い。

――それならば、好い縁でありたいものだ。

お竜はそう念じつつ、団二郎との次の出会いがいつになるかと思うと、どうも落ち着かなかったのである。

「なるほど、お竜さん、それは好いことを思い付きましたねえ」

〝とみ〟を出たその足で、お竜は文左衛門を隠宅《いんたく》に訪ね、権三から新たに聞いた話を伝えた。

(四)

その上で、手習いから遠ざかっている、おりん、幹太郎姉弟を、呉服店〝鶴屋〟に寄宿している井出勝之助の許へ通わせてはどうかと持ちかけたのだ。

「井出先生は、〝鶴屋〟の奉公人達に、読み書きを教えていますからねえ」

その折に、おりんと幹太郎を同席させてやればことがすむ。

まだ幼いものの、姉弟は父親が働けない時には、智恵を働かせて方便の足しになるよう、木屑や米粒を拾ったりして暮らしている。

「姉弟を見かけたら、孫兵衛さんも気に入るかもしれませんしねえ」

文左衛門の想いはさらに広がる。

主《あるじ》の孫兵衛は、そのままおりんを女中として、幹太郎を丁稚《でっち》として引き取ると言うかもしれない。

まい。

人を見る目に長《た》けて、情に厚い孫兵衛であるから、そうなれば悪いようにはすまい。

お竜がかわいがっているとなれば、近頃では、孫兵衛の仕事を助けて、ますますしっかりとしてきた娘のお千代《ちよ》も放ってはおくまい。

お千代は、呉服店の一人娘と、出入りの仕立屋の垣根を越えて、お竜を敬慕してはばからないからだ。

「とにかく、わたしから孫兵衛さんに、話は通しておきましょう」

「それはよろしゅうございました」

「井出先生も、かわいがってくださるでしょう」

「余計なことを教えなければ好いのですが……」

「まあ、それは心配ですがねえ。はははは……」

文左衛門は上機嫌であったが、団二郎については、何も触れなかった。

あくまでも、哀れな子供に手を差し伸べてやる立場を崩さなかったのだ。

とはいえ、文左衛門はすぐに鶴屋孫兵衛を訪ね、お竜の案を汲んで、おりん、幹太郎が〝鶴屋〟の奉公人達に交じって学び易いようにしてくれた。

井出勝之助は、

「御隠居が、またおもしろいことを始めなされたようじゃな」

いささか呆れ顔で姉弟を引き受けたものだが、文左衛門とお竜がつるんでいることに、自分が一丁嚙んでいないと、それはそれでおもしろくない。

一通り事情を知ると、お竜をそっと捉まえて、

「男というものは、過ぎたことに囚《とら》われて、勝手に思い悩むさかい困る……。今はこないして無事に暮らしているのに、思い出に押し潰されてしまうとは、ほんまにあほや。そやけどその気持ちは、おれにはようわかる」

溜息交じりに言った。

勝之助は心やさしく、過去を引きずって生きているきらいはあるが、思い出に押し潰されるような、男の儚《はかな》さなど持ち合わせてはいまい。

――極楽蜻蛉《ごくらくとんぼ》が、二枚目を気取るんじゃあないよ。

からかってやりたかったが、姉弟が店の奉公人達の中で小さくなって遠慮しなくてすむように、

「おお、親孝行な姉弟というのはお前らか、主殿から聞いているぞ。まあ、皆、仲良うしてあげてくれ」

などと奉公人達の前で言葉をかけてやったりして、勝之助なりに気を遣ってい

るのを見ると、

「ご隠居もあたしも、ちょいと気になっている姉弟なので、まあ、ここはひとつ先生、よろしくお願いしますよ」

お竜も勝之助を持ち上げるしかない。

「まあ、任しとき。それにしても仕立屋、お前は大したもんやな。色々辛い思い出を引きずりながらも、しっかり前を向いて生きている。えらいもんや。お前が強いのか、そもそも今を見て生きている女が強いものなのか。ははは、それとも厚かましいものなのか……。いずれにせよ大したものや」

しかし、勝之助はいつもの調子で、誉めているのかからかっているのかわからないようなことを言う。

——この男に姉弟を預けるしか道はなかったのかねえ。

自分が思いついたこととはいえ、お竜はどうも頭にくるのであった。

とはいえ、おりんと幹太郎は〝とみ〟を手伝いながら楽しそうに読み書きを習い始めた。

お竜も〝鶴屋〟に行く度に、台所の隅の板間で開かれている、井出勝之助の手習いを覗いてやったので、二人もすぐに馴染んだのである。

少しばかり口惜しいが、勝之助は〝鶴屋〟の奉公人に対してもそうなのだが、

「おや、もう覚えたのか。お前は筋がよいな。うん、頭がよい。務めの合間にこれだけのことをしてのけるとは大したものではないか」

などと、実に誉め方が上手い。

見方によっては、適当にお茶を濁しているようにも思われるが、

「生き死にに関わるようなものやないのや。気持ちようさせといたらええがな」

勝之助の考え方は間違っていない。

文左衛門の読み通り、〝鶴屋〟の娘・お千代も、おりんと幹太郎の姿を見つけると、台所の板間にやって来て、勝之助の手伝いをして、姉弟を構ってやった。

もっとも孫兵衛は、

「井出先生のお手伝いをするなら、もっと日頃からするのだね」

他の奉公人と同じように面倒は見てやらねばならないと、釘を刺したものだが
――。

孫兵衛の言葉には、お竜も苦笑いを禁じえなかった。

文左衛門からは、

「お竜さん、あなたには裏の顔がありますが、だからといって、人との交わりを

避けることはありません。むしろ裏で血を流すからこそ、表では人にお節介を焼けば好いのです。表の顔が神々しいほど、裏の顔は隠れます。もっと人前に出ればよろしい」

このところ、よくそう言われるようになった。

おりんと幹太郎のことも、構ってあげてくれと頼めば、それだけお竜が張り切って、人と人を繋がんとして動くであろう。

そう考えた、文左衛門のありがたい〝親心〟だと思っている。

その期待に応えんとして、お竜は〝とみ〟と〝鶴屋〟を行ったり来たりしていたが、

——いくらご隠居に言われたからといって、いささかはしゃぎ過ぎたような……。

恥ずかしい気持ちになるのだ。

しかし、お千代を窘める孫兵衛の顔は、実に楽しそうではないか。

武芸の師・北条佐兵衛も、今の自分の様子を見れば、喜んでくれるはずだ。

お竜は、姉弟が手習いに通い始めて五日目に〝鶴屋〟へ出向き、おりんと幹太郎を〝とみ〟まで送ってやった。その道中、

「お姉さん、いつもありがとう……」

おりんは、声を弾ませながら、お竜に感謝した。幹太郎はにこやかに横で相槌を打っている。

「いいんですよう。日頃の二人の行いが好いから、こうして皆が世話を焼きたくなるのですからねえ」

「でも、あたし達は何のお返しもできないから、肩身が狭くて……」

「おりんちゃんは大人だねえ。気にしなくて好いのですよ。大人達は世話を焼くのが道楽だから、一所懸命、読み書きに励んでくれたらそれだけで、もうお返しになっているのですよ」

お竜は頰笑みかけて、おりんの細い肩を撫でた。

「おいらはどう？　じゃまだと思われていないかなあ」

幹太郎が上目遣いにお竜を見た。

「どうしてそんなことを？」

「お父《と》っさんにも、そう思われているようだから……」

赤の他人なら、もっと邪魔だと思われているのではないかと、幹太郎は言いたいのであろう。

「二人のことを、お父っさんは、邪魔だと言ったの？」

「いえ、そうは言っていないけれど……」

おりんが哀しそうに言った。

「そんなら、悪いように考えてはいけませんよ。お父っさんは、二人に何とか好い暮らしをさせてあげたいと思うから、色々と考え込んだり、お酒で気を紛らせたりしているんでしょうよ」

そういう時の、やり切れない団二郎の表情や、力のない言葉を聞くと、姉弟も悲しくなって、

——自分達がいなければ、お父っさんも気が楽になるだろうに。

などと、考え込んでしまうのであろう。

「そうなのかなあ……」

幹太郎は、それでも冷めた物言いをした。

「とにかく、今は権三の小父《おじ》さんのお手伝いをして、井出先生に読み書きを習う。そうして、友達を見つけて遊ぶ……。それに励んでいれば好いのですよ。お父っさんは病にかかっているのだから」

「病……？」

「気うつという、立派な病ですよ。おっ母《か》さんが亡くなった悲しみから、抜け出

せないのでしょうよ」

お竜はそう言って宥《なだ》めたが、姉弟はにこりともしなかった。

おいしが死んだ悲しみから抜け出せないのは、母を失ったおりんと幹太郎とて同じである。

病だと言われても、幼い二人には意気地《いくじ》のない父親だと思われるのだ。

お竜は、父親を慕い、気遣いながらも、姉弟は不幸な自分達の境遇を嘆き、やり場のない怒りを小さな胸に秘めているのではないかと案じていた。

その怒りが、いつ団二郎に向けられるか、知れたものではない。

お竜の表情も曇った。

それを見てとったおりんと幹太郎は、

「お竜さんがいてくれるから、何も恐くはないけどね」

「お姉さん、また顔を見せておくれよ」

口々に愛想を言って、笑顔を作った。

彼らなりに自分の味方は、引きつけておきたいのであろう。

それが、お竜の胸を締めつけた。

大人の顔色を見ながら暮らしていかねばならないとは、何と哀れであろう。

「あたしはまた、お節介を焼きに行きますよ。それまで好い子でいておくれ……」

喋り過ぎても姉弟にあれこれ考えさせてしまう。お竜は、終始笑顔を二人に向けつつ、〝とみ〟まで送り届けて、そそくさと家路についた。

すると、誰かが自分の後を付いてくる気配《けわい》を覚えた。

お竜は四肢に緊張を漲《みなぎ》らせたが、殺気は感じられない。

そのうちに、気配の主が、

「お竜さん……、ですかい……」

と、声をかけてきた。

申し訳なさそうな、遠慮がちな物言いである。

そういえば、声には聞き覚えがある。

——もしや。

と振り返れば、案の定、先日長屋に鍋、釜を直しにやって来た、あの鋳掛屋であった。

「先だって、長屋に来てくれましたよねえ」

「へい、八百蔵さんの……」

「団二郎さんですね」

「左様で……。礼を言うのがすっかり遅くなっちまいまして、相すみません。おりんと幹太郎が随分とお世話になっているようで……」

団二郎は、額の汗を拭きながら、頭を下げた。

(五)

団二郎は、

「せめて、そばでも……」

と言って、芝口橋の袂《たもと》のそば屋にお竜を誘った。

昼を過ぎていたので、〝とみ〟で食べて帰ってもよかったのだが、あまり姉弟にべったりと付いているのも気が引けて、立ち寄らずに戻ってきた。

それゆえ少し腹も減っていた。

そば屋は粗末な造りで、八畳足らずの入れ込みの土間の前に床几を並べ、外に出たところを葭簀《よしず》で囲っている。

それくらいの店の方が、初めて話す相手とならば、ちょうどよかった。

貧しい鋳掛屋におごってもらうのも気が引けるが、団二郎のせめてもの礼となれば、ありがたく盛りを頼んだが、

「ほんの少しだけでも飲んでくだせえ……」

団二郎は、冷やで酒を二合頼んだかと思うと、彼もまた小ぶりの茶碗に一杯注いで、ちびりと飲んだ。

お竜は、怪訝《けげん》な表情を浮かべた。

酒に溺れてしまうのが因《もと》で、今は子供達と離れて暮らす団二郎である。

お竜をもてなすためとはいえ、まだ日の高いうちから飲んでいて好いのだろうか——。

そんな気持ちの悪さが込みあげたのだ。

「へへへ、こいつはすみません……」

団二郎は、お竜の想いがわかるゆえ、恥ずかしそうにして頭を下げて、

「〝とみ〟の親方から、酒は止めるんじゃあねえぞ、と言われていましてね」

「権三さんから？」

お竜は、目を丸くした。

あの権三ならば、

「好いか、きっぱりと酒を断ってから、おりんと幹太郎を迎えに来るんだぞ」

と、言いそうなものだが……。

「こいつは本当なんですよ。独りになって、酒を断って、それから気の病を治して、子供達を迎えに行きますと親方に言ったら、それじゃあいけねえと言われましてね……」

以前は、女房のおいしの酌で、好いことがあれば心地よく酔い、嫌なことがあれば酒で紛らし、親子四人が仲睦じく暮らしてきたではないか。

「どうして、その頃の酒に戻れねえんだ。確かに酒を止めてしまえば、酔ってしくじりを犯すことはなくなるかもしれねえ。だが、酒を止めたら、今まで酒で紛らせていた、辛《つれ》え悲しさとか、腹立ちとかはどうなるんだ。お前はそいつをどこで晴らす？　かわいい子供の顔を見りゃあ、勝手に気が晴れるか？　日々の仕事に打ち込んで、そんな嫌な想いを忘れちまうか？　酒がねえ分、どこかへ皺《しわ》寄せが行くかもしれねえぞ。だから酒は飲め、止めるんじゃあねえ。前の楽しい酒、心地よい酒に戻すんだよ」

権三はそう言ったのだ。

子供達と離れて暮らしていれば、酒に呑まれて子供に手を上げることもない。

酒を飲めば人付合いも出来る。

人付合いが出来れば、己《おのれ》の商売にも繋がるではないか。

「だが、人と飲む時は相手を選べ。飲み過ぎたら、しっかりと止めてくれる相手と飲むんだ。お前が調子に乗ったら、容赦なく店から叩き出してくれる相手が好いぜ。手に負えなくなったら、遠慮なく役人を呼ぶ。その決まりごとを守ってくれる相手を見つけるんだ。その相手は、お前にとって生涯の仲間になるはずさ」

そして、その条件だけを付け加えたのであった。

お竜は、ある意味で権三は大きな試練を、団二郎に与えたように思えた。

団二郎を酒に向かわせる心の病を治さない限り、酒を止めたとて、どうしようもないではないか。

その根本を突き止め、そこから逃げるなと権三は諭《さと》したのである。

お竜はふっと笑って、

「そんならあたしは、選ばれたお酒の相手というわけですか」

団二郎に酒を注いでやった。

「権三の親方から聞いておりやす。仕立屋の姉さんは滅法胆《きも》の据ったお人だと」

「あたしが？」

「ええ、だから、子供達のお礼に一杯注がせてもらって、今日は楽しい酒を、ほんの少しだけ飲んでみてえと思いましてね」

「権三の親方は、あたしのことを随分と買い被っておいでなんですねえ」

「迷惑でしたか……」

「いえ。では、二人で三合までといたしましょう」

「そいつはありがてえ」

「それを過ぎたら、あたしは黙って帰りますから」

「へい。そうしてくれたら、もっとありがてえ……」

団二郎は、なめるように冷や酒を飲みながら、

「おりんと幹太郎は、鶴屋さんにお邪魔しているようで」

「はい。楽しそうに読み書きを習っていますよ」

「そいつはよかった……。お竜さんのお蔭で、好いお師匠さんの許で習えて、何よりでさあ」

「好いお師匠かどうかは、怪しいものですがねえ」

「井出先生……、でしたねえ。お竜さん、厚かましいことをお願いしますが、この銭で井出先生に何かお礼をしてもらえねえですか……。こんな目くされ金で、

何が買えるんだと笑われちまいますが、煙草《たばこ》でも甘《あめ》え物でも、先生のお口に合う物を、そうっと渡してくださりゃあ、ありがてえ……」

団二郎は五十文ばかりの銭を、料紙《りょうし》に包んでお竜に差し出した。

「ただ、親切に甘えているだけでは、親としては情けねえ。哀れな親父と思って、どうかお願《ねげ》えいたしやす」

心持が落ち着くまでは、別れて暮らそうと誓ったが、子供達の様子は、そっと権三から聞いているらしい。

お竜は、団二郎の想いに感じ入った。

「わかりました。井出先生は、甘い物もお好きなようなので、餡餅《あんもち》でも買って、そっとお渡ししておきましょう」

「そいつは助かります。恩に着ますよ」

団二郎は、ほっとした様子で、今はほろ酔いの好い心地で、満面に笑みを浮かべた。

先日長屋で見かけた時は、団二郎の体から哀愁が漂っていて、過去に背負った心の傷が未だに疼き、それが翳りとなって顕れているように思えたが、あの日を思うと、今日の彼からは、精気が溢《あふ》れ、にこやかさを取り戻しているような気がする。

この様子なら、おりんと幹太郎を迎えに行ける日も近いだろう。

とはいえ団二郎は、子供達の食い扶持《ぶち》を、日々の稼ぎの中から権三に渡していると聞いていた。

自分も食べていかねばならないというのに、この五十文はそっくり使ってよいものかと、気になって、

「近頃、商売の方は、うまくいっているのですか？」

遠廻しに訊いてみた。

「鋳掛屋の方は、まあ、どうにかこうにかやっております。女房に死なれてから、塞ぎ込んじまって、商売に出かける気も失《う》せておりやしたから、この前のように、呼んでいただけると、随分と助かりました」

団二郎は首を竦《すく》めてみせた。

鋳掛屋は、町々を、

「鍋、釜ァ、いかァけー」

と、呼び歩いて、声が掛かるのを待つわけだが、気持ちに浮き沈みが出来ると、これが億劫《おっくう》になってくる。

先だってのように、声が掛かって行ってみると、穴の空いた鍋、釜が三つも四つもあるというのは、ありがたかったのだ。

とはいえ、鍋、釜を壊された方は堪《たま》ったものではない。あれからも、何者かに穴を空けられたので直しに来てくれと注文があり、

「人の不幸せを生業にしているようで、何やら申し訳ねえ気持ちがいたしますよ」

と、団二郎は苦笑した。

権三から、根はやさしくて生真面目な男だと聞いていたが、こういうところに人柄が滲《にじ》み出ている。

それにしても、団二郎の話を聞いていると、亡くなったおいしは、さぞや好い女房であったらしい。

そのことを訊ねると、団二郎は神妙に頷いた。

「あっしが寄場に入っていたことは、知っていなさるでしょう。寄場にいる時は、おいしと一緒になることばかり考えて、何とか出て来られたってところでさあ」

「寄場は辛かったんでしょうねえ」

「ええ、ちょっと前まで仲がよかったというのに、同じ様に寄場へ入ってから、

死んでしまったり、人が変わってしまったり……。それを傍で見ているのが、何よりも辛《つろ》うござんしたよ」

寄場を出てからも、その悲しさが心の傷となり、時折、塞ぎ込んで体に力が入らず、何も出来なくなることがあった。

そんな時には、

「お前さんにはわたしが付いているんだ。体が動かなくなったら、動くようになるまで、じっとしていれば好いのさ。そん時は、わたしに何もかも任せておくれな」

と、胸を叩くおいしに励まされて、その度に乗り切ってこられた。

「その、おいしに死なれては、どうしようもありませんや……」

団二郎にとっては、追い討ちをかけられたようなもので、ついつい酒に走ったのだという。

そんな話をするうちに、三合の酒がなくなった。

「お竜さんは不思議な女《ひと》だねえ。こんな話をすると、飲まずにはいられなくなるもんだが、話を聞いてもらううちに、さあ、ほろ酔いのまま帰って、商売に励もう……、なんて気になってくる」

団二郎がつくづくと言った。

「あたしも色々と、思い出したくもないことを抱えていますからねえ。団二郎さんに、それが透けて見えたんでしょうよ。ここに、おれより不幸せな女がいる、とね」

お竜は真顔で応えた。

「とんでもねえ……」

団二郎は激しく頭を振ったが、お竜が放つ人としての凄みは、或いはそうなのかもしれないと思わせるものがあった。

「とにかくお竜さん、話ができてよかった。この先あれこれと、よろしくお願いします……」

「任せてください。ごちそうさまでした」

「お粗末さまでした。ほんとうに好い酒でしたよ」

酒に溺れた団二郎が、ほどよく酒を切り上げる姿に、お竜はほっと息をついた。

その時であった。

遊び人風の男二人が通りかかって、団二郎を覗き込むと、

「おお、こいつは鋳掛屋の兄ィじゃあねえか」

「兄ィも隅におけねえなあ」

冷やかすように声をかけてきた。

団二郎は、すまなそうにお竜を見てから、

「そんなんじゃあねえんで……。ちょいと用があって話をしていただけで……。これから帰るところさ」

二人をやり過さんとした。

「そうかい。そんなら兄ィ、この先はおれ達と飲もうじゃあねえか」

「あん時は楽しかったなあ。三人で飲み競《くら》べをして、気にくわねえ野郎をたたんでやった。ざまあ見ろってところだな」

「すまねえが、おれは酔っていて、その辺りのことは覚えていねえんだ」

団二郎は哀しそうな顔をした。

何かの折に、過去の辛い思い出に襲われ、酒場で飲むうちに酩酊《めいてい》し、この二人と飲み競べをした、挙げ句に暴れてしまったようだ。

「兄ィが覚えてねえのも無理はねえがよう」

「あん時ゃあ、おれ達もちょいとばかり痛い思いをしたんだぜ」

遊び人の一人が団二郎の横に腰かけ、恨みごとを言った。

「そいつはすまなかった。情けねえことに、酒に呑まれて、正気を失ったみてえだ」

「何だって好いや、兄ィ、これからここで酒盛りといこう」

「いや、もう酒は控えているんだ、お前さん達とは飲まねえ」

「おい兄ィ、つれないことを言うなよ」

「僅かばかりの酒をなめるようにして帰っちまうなんてよう、兄ィらしくねえぜ」

「そうだよ。ここで一升ほど空けて、どっかへ繰り出そうじゃあねえか」

「勘弁してくんな。もう無茶な飲み方をするのは止めたんだ」

団二郎は、しつこく絡んでくる二人をかわそうとして、片手で拝んでみせたが、この二人は酒好きで、既に一杯入っているらしい。

酒を断わられると激昂し始めた。

「何でえ、この前はおれ達が付合ってやったんじゃあねえか」

「飲み代も払って、喧嘩沙汰になって……。そんなおれ達を虚仮《こけ》にするのかよう」

「すまねえ、飲み代は払うよ。いくらだい？」

団二郎は頭を下げ続けたが二人の怒りは収まらない。

「金を返すだと……」

「おれ達の親切を無にしやがるか！」

それなら初めから、飲み代がどうとか言わねばよいのだが、酒でしくじるというのはこのようなことなのだ。団二郎は酔った自分を見ているようで情けなくなってきた。わかってはいても、飲むとこ奴らのようになってしまうのである。

困り果てた団二郎に、お竜は助け船を出してやるしかなかった。

「もうその辺にして、二人でどこかで一杯やったらどうです」

と、二人の前に立ちはだかった。

「二人で、どこかで、一杯……。うるせえや」

「姉さんよう、そんならお前《めえ》が付合いな」

引っ込みがつかぬ二人は、お竜に迫り、一人が彼女の利き腕を取ろうとした。

しかし、その一人はお竜の腕に触れるまでもなく、右足の甲を押さえて屈みこみ、もう一人は前へ出たところを、右足の脛を押さえて座り込んでしまった。

お竜に下駄で踏まれ、蹴られたのである。

あっという間の早業《はやわざ》であった。

「お前さん達こそ、人を虚仮にするんじゃあないよ……」

お竜は目を丸くしている団二郎を促して、その場を立ち去ったのである。

㈥

「前に、やっとうの先生のところで奉公していたことがありましてね。あんな酔っ払いくらい、どうってことはありませんよ」

お竜は団二郎に、こともなげに告げると、その日は別れた。

団二郎は、思った通りの胆が据った姉さんだと感じ入り、おりんと幹太郎をしばらくの間お願いしますと改めて手を合わせ、稼ぎに出かけたのである。

しかし、お竜には、団二郎の鋳掛屋の掛け声はどこか頼りなく、勢いがないように感じられた。

以前の団二郎を知らないが、女房のおいしに支えられている頃は、もっと威勢もよかったのではないだろうか。

そば屋で話したところでは、誠実で好い父親だと思われた。

権三からは、酒を止めずに、酒に溺れる自分から立ち直れと言われ、律儀にそれを守っているのも頬笑ましい。お竜と三合の酒を飲んでいた間は、少なくとも好い酒であった。

ああいう酒の飲み方が出来るなら、明日にでも子供二人を引き取って、貧しくとも幸せな暮らしを送れるはずだ。

お竜は、もやもやとした想いを晴らしたく、団二郎と別れると、すぐに文左衛門の隠宅を訪ねた。

「そろそろ来る頃かと思いましたよ」

文左衛門は、従者の安三《やすぞう》を走らせ、〝鶴屋〟から井出勝之助を呼び出し、そば屋〝わか乃〟から料理を取り寄せて小宴を開いた。

〝とみ〟の権三のお節介に便乗して世話を焼き始めた文左衛門としては、お竜、勝之助を巻き込んだ限りは、そろそろこの辺で互いに手応えを確かめておきたかったのだ。

お竜の報告を一通り聞くと、

「その様子では、鋳掛屋さんは随分と気うつから立ち直ったような気がしますねえ」

文左衛門は、腕組みをしてみせた。団二郎が権三を頼り、そこからの人の繋がりで、おりん、幹太郎に手を差し伸べてくれる人が次々に現れた。

子供二人に対する不安は、随分と薄らいだはずだ。

「それでもまだ、寄場にいた頃の酷い思い出を乗り越えられぬうちは、子供と一緒に暮らすのが恐いのでしょうな」

勝之助は、やれやれといった表情で、

「いくら酷い思い出に苛《さいな》まれるとはいえ、それで酒に逃げて、子供と一緒に暮らせぬようになるとは、あまりにも情けない……」

と、嘆息した。健気な姉弟を間近に見ているだけに腹立たしくなるのだろう。

「いや、心の病というものは侮《あなど》れませんぞ。本人にしかわからない痛みが押し寄せてくるのでしょう。先生やお竜さんは、辛い思い出を乗り越えて強くなったのでしょうが、誰もが同じようにはいきません。人によっては、心の臓の発作が起こるように、心も体も動かなくなることもある。それは偉いお医者も言っています」

これは誰にでも起こりうる病なのだと、文左衛門は理解を示した。

「なるほど、厄介な病でござるな」

文左衛門に言われると、勝之助も納得するしかない。

団二郎は、お竜に寄場にいた時の話は詳しくしなかったが、

「ちょっと前まで仲がよかったというのに、同じ様に寄場へ入ってから、死んでしまったり、人が変わってしまったり……。それを傍で見ているのが、何よりも辛うござんしたよ」

と告げた。

たとえば共に寄場送りになった者が死に、信頼していた者に裏切られた——。そのようなことがあったのに違いない。

寄場は更生の場とはいえ、牢のようなものである。閉ざされた世界には、自分さえよければ、人を蹴落してでも保身を図るような者が数多《あまた》いて、人間に不信を抱いてしまったとも考えられる。

男というものは、情や義理に夢を抱き、実に傷つき易い生き物である。喪失と憎しみによって、堪え難い心の傷を負い、未だに癒えないとしてもおかしくはない。

「長い目で見てあげたいものですが、いつまでも権三さんに甘えて、子供達と離れ離れになっているのはいただけません」

お竜が言った。

「そうですねえ。何か好いきっかけがあればよいのですが……。もっとも、権さんは、子供を迎えに来ないなら、うちでもらっちまうからそう思っていろ、というところでしょうがねえ」

つまるところ、権三の考え方が正しいのであろう。

権三の人柄に惹かれて、彼の手助けをする文左衛門達であるが、余計な真似をしているのかもしれない。

文左衛門は、道楽として姉弟に構っている自分が、少しばかり恥ずかしい。

その照れ隠しに開いた小宴であるのだが、団二郎が子供二人に、

「もう大丈夫だ。お父っさんの気の病は、すっかり治ったよ」

と、力強く宣言して、元の暮らしに戻るきっかけが何であるかは、一杯やって語り合ったとて三人にも見当がつかなかったのである。

「気の病相手に、わたしも仕立屋も、腕は揮《ふる》えませぬ……。ははは、放っておくしかござるまい」

勝之助は、せめて三人の宴《うたげ》を盛り上げようと、陽気な酒に徹した。

お竜も笑顔で応えたが、乱暴者の父親から逃れて娘時代を過したお竜は、どうも気持ちが悪かった。

確かに団二郎は、放っておくしかないかもしれないが、幼い姉弟の力で、何と

か親子がまた一緒に暮らせるようにならないものか。

お手上げだと苦笑いを浮かべる文左衛門と勝之助を前に、お竜はもう少し、おりんと幹太郎に世話を焼いてみようと考えていた。

(七)

その翌日。

おりんと幹太郎が気になるお竜であったが、本職の仕立物がなかなかはかどらず、〝鶴屋〟にこれを届けたのは、日が暮れ始めた頃であった。

姉弟は、井出勝之助の手習いを終えて、とっくに〝とみ〟へ戻っていた。

お竜は、滅多に〝とみ〟で夕餉《ゆうげ》をとることはなかった。

ここの常連達は、皆、権三を慕う荒くれで一汁二菜の飯に少しばかりの酒を飲んで、その日を締め括るのを楽しみにしている。

お竜はこの店では既に、〝気風《きっぷ》の好い姉さん〟として通っているのだが、自分が行くと、荒くれ達も多少は遠慮するかもしれない。

そう思って控えているのだ。

しかし、今日はまだ姉弟の顔を見ていなかったので、ここで夕餉をすませておこうと、店を訪れた。

「おや、姉さん、珍しいねえ」

熊吉がにこやかに迎えてくれたが、

「生憎《あいにく》、おりんと幹太郎はいねえんだよ」

権三は申し訳なさそうな顔をした。

お竜は内心失望したが、夕方を過ぎると、客も酒が入るので、子供二人には手伝わせないようにしているのは知っていた。

「顔を見られないのは寂しいですがねえ。今は早くご飯に会いたいですよ」

と、あくまで食事に来た体《てい》を取り繕い、野菜の煮染《にしめ》と大根の漬物に、豆腐と油揚げの味噌汁で、さっさと飯をすませた。

姉弟に会えずとも、いつもながらに素朴で味わい深い、ここでの食事に満足していた。

「今は遊びに行っているよ。たまにはそんなこともねえとよう」

権三は頬笑んだ。

弟の幹太郎をおりんが何かと庇《かば》いながら、姉弟で海を眺めたり、寺社の参道で露店を冷やかしたりする姿を、お竜も何度か目にしている。

父親がいるのに離れて暮らさねばならないという哀しさは、歳が下の幹太郎の方が深い。

その逆境を二人で乗り切らんとするだけに、姉弟の絆《きずな》は深まるのだ。

おりんと幹太郎が寄り添う姿を見ると、誰もが心を癒《いや》される。

権三の笑みは、今頃はいつものいじらしい姿をさらしながら、束の間の安寧の時を過しているに違いない、そんな姉弟の姿を思い浮かべてのものであった。

「あたしも、兄さんか、弟がいたらなあと、よく思いますよ……」

お竜は〝とみ〟を出ると、自ずとその目に姉弟を求めていた。

日もすっかり暮れてきた。巷《ちまた》ではそろそろ夕餉もすみ、落ち着く時分になっている。

姉弟は〝とみ〟で夕餉をとるのであろうが、忙しい時分と遠慮して、外をぶらついているのかもしれない。

そうだとすれば不憫が募る。

——まったく、不幸せな生い立ちを思い出すから、つい入れ込んでしまうんだね。

こういう想いが日に日に強くなってくる。

それが少しずつ、幸せが何か摑めつつある証《あかし》なのだが、お竜にはまだその実感が湧いていなかった。

暮れゆく芝口橋を渡って、出雲町の通りを行くと、遠くにおりんと幹太郎の姿を認めた。

今帰りかと思ってお竜は立ち止まったが、姉弟はその姿に気付いていないようだ。

お竜は手を振って駆け寄ろうかと思ったが、遠目にも二人は何やら緊張を漲らせていて、ふっと脇道へと姿を消した。

お竜は気になって、そっと二人の姿を求めた。

すると、路地の向こうで〝ぱん、ぱん〟と鉄を打つような乾いた音がした。

音の方へ向かうと、走り去る小さな影が見えた。おりんと幹太郎である。

二人が去った跡には、鍋が二つ置かれていた。そこは商家の裏木戸の前で、開け放たれた木戸の向こうに井戸が見えた。

幾つもの鍋、釜を洗うのに、二つ三つ、裏木戸の外へ一旦置いたようだが、その二つの鍋の底には小さな穴が空いていた。

「何てことを……」

お竜は駆けた。姉弟が鍋に穴を空けたのは明らかである。

おりんと幹太郎は、三十間堀端《さんじっけんぼりばた》へ出て息をついた。

「姉さん、ちょっと危なかったよ」

「でも、あの獲物は見過しにできないよ」

息を整えている二人の前に、お竜が立ち塞がった。

おりんと幹太郎は、驚き固まってしまった。

お竜の目はいつものやさしいものではない。

じっと二人を睨《にら》みすえて、

「どこで手に入れたかは知らないが、鉄槌《かなづち》をもらいましょうか」

ゆったりとした口調で言った。

初めて見る、お竜の恐しい顔が、姉弟の足を竦ませた。

「ごめんなさい……」

幹太郎が、懐《ふところ》の中から小ぶりの鉄槌を取り出して、お竜に手渡した。

「これ……、拾ったの……」

おりんが消え入るような声で言った。

「それで、この辺りの鍋と釜に、穴を空けて廻ったのね」

姉弟は、こっくりと頷いた。

「こんなことをしては、いけないとわかっているわね」

「お竜姉さん……」

おりんは、何か言いかけて口を噤《つぐ》んだ。

権三、熊吉と共に、誰よりも自分達を構ってくれたお竜に問い詰められると、弁明の言葉さえ見つからなかったのだ。

「ほんとうに、ごめんなさい……」

おりんは、つぶらな瞳に涙を浮かべて、

「わたしがやろうと言ったの、幹太郎は悪くありません……」

やっとのことで出た言葉がこれであった。

ここでも弟を庇うおりんの気持ちが、お竜の胸を切なくさせた。

「やったのはおいらなんだ。だから、姉さんを責めないでおくれ……」

幹太郎も姉を庇い涙して、お竜に許しを乞うた。

「あんた達が詫びなくても好い。あんた達のお父っさんに詫びてもらいます」

お竜はきっぱりと言った。

「お竜さん、このことはお父っさんにだけは……」

拝むようにお竜を見つめるおりんの言葉をお竜は遮って、

「いいえ、団二郎さんには何もかも伝えますよ。お前さんがいつまでもくよくよとして商売を怠《おこた》るから、子供達が鍋、釜に穴を空けて廻るんだとね」

おりんと幹太郎は、無念の表情でお竜を見つめた。

「あんた達は、悪戯でしたわけでもないし、お金のためにしたわけでもない。それはわかっていますよ。仕事が忙しくなればお父っさんも生き生きとするんじゃあないかと思ったんだね」

叱りつつ、お竜は声を詰まらせた。

「おいしさんが亡くなって、心の痛手を受けたのは、あんた達だって同じさ。それなのに、別れて暮らさないといけないなんて、あたしだったら親を恨むよ。それなのに、おりんちゃんと幹坊は、お父っさんのことを思って、いけないことだと思いつつ、危ない橋を渡ったんだ。だから、あんたのせいだと、あたしは団二郎さんに言ってやるんだ」

そう告げた時には、お竜の頬に涙が一条《ひとすじ》の線を描いて流れていた。

それを見て、おりんが泣いた。幹太郎も泣いた。

三人は泣きながら、芝口一丁目の団二郎が住む長屋へ行った。

そもそも姉弟が暮らしていた家である。

「ごめんなさいよ……」

戸を開けると、膝を抱えて一人物思いに浸る団二郎がいた。

「お竜さん……。これはいってえ……」

目を丸くした団二郎に、お竜が一通り事情を伝えると、彼の眼から、たちまち涙が溢れ出した。

新たな衝撃に、気の病など、どこかへ吹き飛んでいた。

「団二郎さん、権三の親方には話しておきますから、今日はひとまず二人の話を聞いておあげなさい。後のことは、明日皆で考えましょう」

お竜はぴしゃりと言い置くと、戸を閉めて長屋を出た。

出過ぎた真似をしたが、権三もわかってくれるだろう。

文左衛門も井出勝之助も認めてくれるだろう。

「おりん、幹太郎、すまねえ……。お父っさんが不甲斐ねえばっかりに……」

家の中からは、団二郎が泣いて詫びる声がした。

今宵ばかりは、誰も団二郎の代わりは務まるまい。

これで団二郎の気の病が治るかどうかはわからない。

だが、少しでもそのきっかけになればよいではないか。

涙、涙の夜に涼風が吹き抜けた。

それに乗って、親子三人がすすり泣く声が、遠ざかるお竜の耳にかすかに聞こえてきた。

二、悦び

(一)

「う〜む、そうですか……」

そば屋〝わか乃〟の二階座敷で、隠居の文左衛門《ぶんざえもん》が低く唸った。

「ほんまに、苛々《いらいら》とさせられますなあ」

中食《ちゅうじき》を相伴《しょうばん》する井出勝之助《いでかつのすけ》が、鯛の天ぷらを実に美味《うま》そうに食べながら、相槌《あいづち》を打った。

お竜《りゅう》から、その後の、おりん、幹太《かんた》郎姉弟《ろうきょうだい》について、報《しら》せを受けてのことである。

気の病に陥って、一時は酒に溺れた父親に、何とか立ち直ってもらいたい――。

子供心にそう思った姉弟は、鋳掛屋《いかけや》の仕事が繁盛すれば、少しはやる気も出るのではないかと、近所で鍋、釜を見つけては、密かに穴を空けて廻った。

誤まった物の考え方ではあるが、幼い姉弟が親のために出来ることなどなく、そんな悪さに走ってしまったのである。

それを見つけたお竜は、姉弟を叱り、団二郎《だんじろう》の許へ連れていって事情を話した。

団二郎は、恨まれても仕方がない自分に対して、そんな想いを持ち、危ない、いけないと知りつつことに及んだ子供達に、泣いて詫びたものだ。

お竜は、これがきっかけとなり、親子はまた元通りに暮らすものだと思ったのだが、翌日になって、団二郎がお竜を訪ねてきて、昨日の不始末を改めて詫びた上で、

「お竜さん……、とんでもねえ野郎だとお思いでしょうが、おりんと幹太郎は、もう少しだけ、権三《ごんぞう》の親方の許へ置かせてもらおうと思っております……」

と、告げたのだ。

あれこれ思うところもあるのであろう。

子供達の秘密を知ったとて、すぐには元の暮らしには戻れぬ事情もあるはずだ。

「さようですか。あたしは、一日も早くあの子達と元の暮らしに戻ってくださるのを願っておりますよ」

と言うしかなかった。

所詮は他人の家の話なのだ。向こうが思うようにすればよいのだが、関わった限りは姉弟のことが気になる。

すぐに、文左衛門と勝之助に伝えんとして、〝わか乃〟の小宴となったわけだ。

文左衛門と勝之助は、話を聞いていささか拍子抜けをしたものだが、

「鋳掛屋さんの心がまだ落ち着いていないのでしょうが、どうも、それだけではないような気もしますな」

少し思い入れをした後、文左衛門が宙を睨《にら》んだ。

「なるほど、鋳掛屋の身に、何か人には言えん厄介なことが起こっているとか……」

勝之助は、鯛の天ぷらが気に入ったか、ゆったりと味わうのに余念がない。

それでも食を楽しみつつ、なかなかに鋭い洞察を働かせるのは、いかにもこの男らしい。

団二郎は人足寄場《にんそくよせば》に入っていたことがあるが、おいしという引き取り手があったわけだし、他国から流れてきた無宿者でもない。

それでも、寄場には道を踏み外した者が送られるのだ。

中で知り合った者のうちに、ろくでもない輩《やから》がいて、まっとうに生きる団二郎に絡みついてこないとも限らない。

そんな連中が周りをうろうろしているとなれば、おりんと幹太郎をどこか他所《よそ》に移しておく方が安心だ。

団二郎はそう思って、再び〝とみ〟に、二人を預けているのかもしれない。

勝之助は、そこへ想いを巡らしているのである。

そう言われてみれば、お竜も団二郎と話した時に、気うつで、どうしようもないほどに心の落ち着きをなくしているようにも思えなかった。

「団二郎さんは、友達と喧嘩沙汰《けんかざた》に巻き込まれて、寄場送りになったそうですが、その時のことを詳しく調べてみないといけませんねえ」

お竜も考えを新たにした。

「その日、団二郎さんは、隆助《りゅうすけ》という友達に誘われて、小博奕《こばくち》に行ったそうです。そこで揉めごとが起こって大喧嘩になって、隆助、団二郎、卯吉《うきち》の三人が寄場へ送られたのですな」

「さすがは御隠居、もう調べておいでででござったか」

「これは、畏《おそ》れ入《い》ります」

勝之助と共に、お竜は感じ入った。

「人の昔のことを探るのは、好《よ》い趣味とはいえませんが、まあそこは知っておいた方がよいと思いましてね」

文左衛門は、扇子《せんす》で顔を煽《あお》ぎながら苦笑した。

お竜が〝とみ〟に通い、勝之助がおりんと幹太郎の手習い師匠を務めている間に、この隠居はあれこれと動いていたらしい。

隆助と卯吉は、団二郎の昔馴染《むかしなじみ》であった。

隆助は船人足をしていたそうだが、昔から気性が荒く、喧嘩っ早かった。それでも人の面倒見はよく、

「思わぬ銭が入ったからよう、ちょいと遊びに行こうじゃあねえか」

と、よく友達を誘って繰り出したという。

そんな時は気前よく振舞ってくれるので、彼に仲間は多かった。

とはいえ、〝思わぬ銭が入った〟というのは、まず博奕で得たものである。

人はよくても、やくざな性分の隆助を避ける者も多く、次第に彼と付合う者は少なくなっていったようだ。

だが、団二郎とは気が合ったらしく、二人は度々《たびたび》一緒に小博奕をしに出かけた

りしたという。

根は真面目な団二郎ではあるが、若い頃はそれなりに遊び好きで、理不尽なことには体を張って立ち向かう俠気《おとこぎ》を備えていた。

そんな時は、隆助がいつも味方をしたので、義理堅い団二郎は、隆助の遊びに付合ったのであろう。

そしてもう一人、卯吉という友達は、棒手振《ぼてふ》りをしていて、小心で大人しい若者であった。

子供の頃は苛《いじ》められることが多く、心やさしい団二郎は何かと庇《かば》ってやったので、卯吉は団二郎を慕った。

隆助と卯吉は互いに知り合いではあるが、隆助からすると、

「卯吉の奴は、何だかしみったれた野郎だなあ」

で、あるし、卯吉にしてみると、

「隆助なんかと、よく付合っているなあ」

と、団二郎にはこぼしていたらしい。

しかし、団二郎にとっては何《いず》れも友達であるし、日頃からおもしろみのない卯吉を、時には遊びに引っ張り出してやりたくなる。

そこで、隆助に誘われた小博奕に、

「お前もちょっと付合いなよ。博奕といっても、僅《わず》かな銭を張るだけの遊びだからよう」

卯吉を誘ってみたのだ。

「団二郎がそういうのなら、おれも行こうじゃあねえか」

隆助から小馬鹿にされているのを快く思っていなかった卯吉は、団二郎の誘いに応えた。

それが卯吉の精一杯の強がりであったのだろう。

「ところが、そこで負けが込んだ者が、いかさまだと絡んだのですな」

隆助も団二郎も、付いていない時もあるから、今日は帰った方が好いと宥《なだ》めたが、そ奴の怒りは収まらない。

「引っ込んでやがれ、この若造が……」

と、隆助の頬桁《ほおげた》を張った。

「この野郎……！」

隆助の頭に血が昇り、たちまち喧嘩が始まった。

相手の仲間が加勢したので、団二郎も隆助を助けた。

卯吉も連れ立って来ていたので、逃げるわけにもいかず、そこからは関りのない奴らまで加わって大喧嘩となり、役人が駆けつける騒ぎとなったのだ。

博奕の常習、乱暴狼藉《らんぼうろうぜき》となればそのままではすまされなかった。

団二郎達は仮牢へ入れられた後、人足寄場へ送られたという。

「それで、団二郎さんの他の二人は、その後どうなったのです」

お竜は恐る恐る訊ねた。何やら嫌な予感がしたからだ。

「隆助という友達は、団二郎さんと同じ年に寄場を出たのですがね。卯吉さんは、寄場で亡くなったそうです」

「死んだ……？」

お竜と勝之助は、同時に目を見開いた。

「人足として普請場《ふしんば》へ出た折に、足場が崩れて命を落したとか……」

文左衛門は、意味ありげに頷《うなず》いてみせた。

団二郎が抱えていた、寄場での嫌な思い出というのは、このことであったのだ。

文左衛門が仕入れてきた話によると、卯吉は団二郎が小博奕に誘ったがために、寄場へ送られた挙げ句に死んでしまったことになる。

寄場を出た後も、団二郎はそれをずっと気に病んでいたに違いない。

その気うつを、女房のおいしが支え、おりん、幹太郎への慈《いつく》しみによって、何とか頑張ってこられたが、よすがとしていたおいしの死によって、遂に心が折れたのだ。

文左衛門の前で、お竜と勝之助はしばし沈黙した。

寄場での思い出が、団二郎の心を傷つけているのは確かであろうが、寄場での人との関りが、今も尚、団二郎の身に何らかの軋轢《あつれき》となってのしかかっているのかもしれない。

さらに、そんな疑いが湧いてきたのだ。

文左衛門は、お竜と勝之助を見廻すと、気合が充実してきた様子で、

「まず、隆助という人がどうしているのか、この先調べてみましょう」

低く凄みのある声で言った。

(二)

翌日になって、お竜は井出勝之助と二人で昼から霊岸島《れいがんじま》の富島町一丁目の料理屋で、だらだらと時を潰した。

見た目は、ちょっとやくざな旗本の次男坊と、その情婦《いろ》のそれ者《しゃ》風である。

二人が、文左衛門の意を受けて、動き出したのは明らかだ。

料理屋は二階建てで、二人のいる座敷の連子格子《れんじごうし》の窓からは、向かいに建つ表長屋が見える。

お竜と勝之助は、その端の家を見張っているのだ。

隣は漢籍を扱う書店であるが、その間には裏長屋に続く路地が挟まっているので、一軒家の趣《おもむき》だ。

軒先の大暖簾《おおのれん》には、〝万〟と一文字、丸の中に大書されている。

これは万屋《よろずや》である証《あかし》なのであろう。

万御用承ります――。

かつて団二郎と共に寄場送りとなった隆助が、この屋の主《あるじ》である。

といっても、隆助がここで何か頼まれごとを受けている様子はほとんど見られない。

もう一人、東五郎《とうごろう》という相棒がいるらしいが、この男も店に出ているものの、近所の者の困りごとを熱心に聞いて、何とかしようという気概など見受けられないという。

それが、文左衛門が新たに調べあげたことであった。

そして今は、隆助らしき者の姿も東五郎らしき者の姿も見当らなかった。

万屋などという生業《なりわい》は、どうも怪しいものだ。

申し訳程度に店を構え、何かよからぬことでも企んで、日々暮らしているように思える。

人足寄場で身についた職をもって、世の中に出て更生するのが筋なのに、そこがどうも胡散臭《うさんくさ》いではないか。

その辺りのことも含めて、お竜と勝之助はまず、隆助を見張り、彼の人となり、仲間、暮らしぶりを確かめんとしているのだ。

しかし、今のところはまだ当りがない。

その間、お竜は勝之助に、団二郎から相談を受け、はっきりと応えられなかったことを打ちあけた。

それは、おりんと幹太郎が、鍋、釜に穴を空けて廻ったことの落し前の付け方であった。

「お竜さん、やはりあっしは、謝まって廻った方がよろしいですよねえ」

その折、団二郎がどうしたらよいのか決めかねていたのが、これであった。

本来ならば、子供二人を連れて、方々に詫びて廻ればよいのだが、穴を空けた鍋、釜は結構な数であった。

いくら子供の悪戯《いたずら》でも、度が過ぎれば役人に突き出されかねないし、その鍋、釜のほとんどは団二郎が直している。

子供に穴を空けさせて、親が直して廻って金を稼ぐ——。

となれば、正《まさ》しく罪咎《つみとが》である。

この先の暮らしを考えれば、正直に話すことが果してよいのであろうか。

おりんと幹太郎の仕業《しわざ》とは、まだ誰も知らないのだから、お竜の胸の内ひとつに収めておけば、それでよいのではないか。

いけないことだが、その想いがどうしても頭を過《よぎ》るのだ。

お竜は応えに窮した。

誰にも知られていないなら、わざわざ言って廻る必要はあるまい。

大抵の人は正直に言って謝れば許してくれるだろうが、中には頑強な相手もいるかもしれないのだ。

あくまでも子供の悪戯で、相手が鍋釜を一時放置してしまったのだから、

「迷う気持ちはわかりますが、ひとまず今は黙っておけばどうでしょう。それで

は気がすまないというのなら、またどうすれば好いか考えたらよろしいのでは？」

とどのつまり、お竜はそのように応えて別れたのであった。

勝之助は、話を聞くと溜息《ためいき》をついて、

「なるほど、それで鋳掛屋は迷うてるわけやな。まあ、おれも仕立屋と同じ想いやな。そんなもん黙っといたらええねん」

盃をちびりとやった。

酒は飲みたいが、あまり酔ってはしっかりと見張れない。

とはいえ、酒を頼まないと店にも居座れない。

どうも所在無いので困っていたところ、お竜にこんな相談を受けたので、勝之助の声にも張りが出ていた。

「勝さんもそう思いますかい」

「ああ、わざわざ言うことはない。穴を空けられた者は、これから先は気をつけるやろ。おりんと幹太郎に好い戒《いまし》めを与えられたというわけや」

「でも、団二郎さんが、それをまた気に病みませんかね」

「ほんまに悩みの多い男やなあ。子供らが穴を空けた先を廻った時に、あれから鍋の工合《ぐあい》はどうです？　先だっては幾つも直させてもらいましたから、今日は無駄《ただ》で他のものも見させてもらいましょう……、てなことを言うて廻ったらええのや」

「なるほど、それなら気もすみますねえ」

お竜はにこやかに頷いた。

「今度会《お》うたら、そない勧めたり。こっちは、こんな話をしている場合やないで……」

勝之助は、ふっと笑って、窓の外を指差した。

万屋の前に、一人の男が揉《も》み手《で》をしながらやって来ると、その後から小者《こもの》を従えた四十絡みの町同心が姿を現わした。

すると、家の中からさらに一人が飛び出してきた。

「何や……、家《うち》の中に籠《こも》ってやがったか……」

勝之助が忌々しそうに呟いた。

「これは脇田《わきた》様、お出ましでございましたか」

「隆助、景気はどうだ」

「へへへ、畏れ入りやす。まず、ぼちぼちというところで」

「ぼちぼちでは困ったのう……」

脇田と呼ばれた同心は、顔を歪《ゆが》めた。

お竜と勝之助は顔を見合った。

痩せぎすで尖《とが》った顔付き、歪んだ表情。この世のあらゆる厄難を背負っているかのような、どうにも気に入らない面相をしていた。

脇田は、やがて隆助と揉み手の男に、暖簾の内へと請《しよう》じ入れられた。

これで隆助の顔は知れた。

揉み手の男が、相棒の東五郎ということになろう。

そして、万屋の二人は脇田という町同心と昵懇《じつこん》らしい。

寄場へ入るまでの団二郎は、乱暴者ではあるが、気の好い隆助とは、それなりの付合いをしていた。

しかし、寄場を出てからは、まったく別の道を歩んだようだ。

寄場送りになるような者には二種類があるとお竜は聞いた。

ここに収容されたことで、己《おの》が罪深さに気付き、娑婆《しやば》のありがたさをつくづく知って、務めを終えて出てからは、心を改めまっとうに暮らそうと日々励む者。

寄場へ入ってみて、自分より悪い奴がいることに気付き、ここでさらに悪い仲間が出来て、放免されてからは、本格的な悪党へと変貌を遂げる者。

前者が団二郎で、後者が隆助であるのは明らかだ。

寄場にいた三年の間に、二人の行く道はまったく違ってしまったのだ。

寄場を出てから、団二郎は隆助と会わなくなったようだ。

卯吉の死がいかなる事故によるものかはわからないが、団二郎は彼の死を自分の責任だと思いつつ、小博奕に誘い、そこで大喧嘩を始めた隆助に対して、やりきれぬ想いを抱いたことであろう。

もう、まったく隆助とは関りを絶って、寄場での彼との思い出も、すべて忘れてしまおうとしているのであろうか。

お竜と勝之助は、そこが気になり始めていた。

「仕立屋、ひとまず御隠居にこのことを報せてくれるか。おれは、もう少しだけ様子を見てから、引き揚げるとしよう」

この間も、文左衛門は独自に寄場についての情報を集めているのに違いない。

お竜は大きく頷くと、

「そんなら勝さん、あとは頼みましたよ」

まずここまでの成果を、文左衛門に報せるため、料理屋を出たのであった。

(三)

さらに、その二日後の夕べ。

お竜と井出勝之助は、新両替町《しんりょうがえちょう》二丁目にある、文左衛門の隠宅《いんたく》で落ち合った。

一昨日。勝之助と共に隆助を見張り、脇田という町同心と会っているところを認め、すぐにそれを文左衛門に報せたお竜であった。

一方、見張りを続けた勝之助は、小半刻《こはんとき》ほどしてから隆助、東五郎に伴われた脇田同心が出てきて、表に待たせていた小者を従え、上機嫌で歩き出す様子を認めた。

どうやら二人の接待で、どこかへ繰り出すようだ。

ここから永代橋はほど近い。橋を渡れば深川である。

江戸屈指の色里で遊ぶのかと思ったが、一行は橋とは反対の方へ歩みを進めた。

——なるほど、こんにゃくじまか。

勝之助は、さっさと料理屋を出て、あとをつけた。

この辺りは埋立地で、地面がやわらかく、ふわふわとしているので、〝蒟蒻島〟

などと呼ばれているのだが、かつては岡場所を有する歓楽街となっていた。

深川で遊べば目立つ。それゆえ〝蒟蒻島〟の料理茶屋などで、あれこれ趣向を凝らせば、目立つことなく、おもしろい遊びが出来るのであろう。

売女《ばいじょ》屋は、寛政の頃にお上からのお達しがあったのか、取り払いになっているのだが、表もあれば裏もある。密やかに好き者達の遊びは続いているのに違いない。

となれば、ますます目立たずにすむというわけだ。

勝之助は遠目で見ながらも、

「ははは、久しぶりに見る悪人面やな……」

思わず独《ひと》り言《ご》ちてしまうほどの脇田の顔に、ますます嫌悪を募らせていた。

やがて、隆助達と共に脇田が吸い込まれるように入っていったのは一ノ橋手前にひっそりと建つ料理茶屋であった。

店には備え付けの船着場もあり、いかにもお忍びで遊べそうなところである。

――今日はもう、飲んで、抱いて、寝るだけやな。

特に大きな動きも起こるまい。

そうして勝之助は、その場を引き揚げて、己が住処《すみか》へ戻った。

文左衛門の隠宅は勝之助の寄宿先である〝鶴屋〟の裏手にあるゆえ、彼もまたお竜と同じく、今日の出来ごとをさらりと伝えてから、その日の見張りを終えたのであった。

そして文左衛門は、それから二人の情報を元に、あらゆる伝手《つて》を頼り、安三《やすぞう》を動かし、新たに探りを入れたのだ。

その成果は、さすがと言えるものであった。

脇田と呼ばれていた同心らしき武士は、南町奉行所の人足寄場見廻り方同心の、脇田要平《ようへい》と知れた。

「寄場の見廻り同心でしたか……」

「これは何やら、怪しい雲行きになってきましたなあ」

お竜と勝之助は嘆息《たんそく》した。

あの悪人面をした脇田が、寄場を出た後に、何やら胡散臭い万屋などしている隆助とつるんでいる。

どうも、寄場の中には闇があるように思える。

「万屋の相棒である、東五郎という男も、寄場で隆助と一緒であったそうです」

文左衛門は、双眸《そうぼう》に強い光を湛《たた》えながら言った。

団二郎が寄場に入っていた頃に、何かがあった。

卯吉の死は、この疑惑に繋がっているのであろうか。

さらに、同心の脇田の評判がすこぶる悪いことがわかった。

寄場人足には、ひたすら強く当る男で、何かというと難癖をつけ、

「これじゃあ、三年で娑婆には出られねえぜ……」

と、脅すので知られていた。

寄場には、比較的、まともな暮らしの中で育った者が入れられる。

若気の至りで罪を犯し、寄場送りになった者の身内は、無事に三年で出てこられるであろうかと、日々やきもきとするものだ。

そういう感情を上手く利用し、

「あいつは見どころのある男だと思っているのだが、中での様子がいただけぬ。早《はよ》う出してやりたいと申すに、困ったものじゃのう」

などと告げて廻れば、言われた者は何とかしてやりたくなる。

そこで、隆助と東五郎を連れていき、

「こ奴らは、おれの手先を務めている者でのう。時折、様子を伝えにこさせるから、何かあれば、申し付けてくれたらよいぞ」

などと言っておくと、大概の身内は気になって仕方なくなる。

脇田からのお声がかりである隆助と東五郎が顔を出すと、あれこれ訊かずにはいられなくなるのが人情というもので、

「それがなあ、脇田の旦那が頭を抱えていなさるぜ」

と、告げられると、どうしていいかわからなくなり、

「何卒《なにとぞ》、脇田様によしなにお取り次ぎくださいまし」

となる。

そこで、ここぞとばかりに隆助と東五郎は、自分が寄場にいた頃の苦労と、脇田のありがたさを語り、身内の者から金を巻きあげるのだ。

金さえ払えば、三年で無事出てこられるわけだが、そもそも人足寄場での年季は、三年程度と決まっているわけで、何か大きな不始末を犯さぬ限りは留め置かれることはまずないはずだ。

隆助と東五郎が巻き上げた金は、当然、脇田の懐《ふところ》に入り、そこから二人に分け前が与えられるのであろう。

しかし、脇田が直《じか》に金を無心したわけではない。

何かの折には、

「不埒者《ふらちもの》が、勝手な真似しおって……」

と、隆助と東五郎のせいにして、切り捨ててしまえる。

何とも卑しい脇田の思惑が見えてくる。

とはいえ、そんなことになれば脇田の実入りもなくなるわけだし、自分に波風となって返ってくる。

そこはお上の威光をちらつかせつつ、あれこれ策を弄するのであろう。

「真《まこと》に汚ない奴らでござるな」

勝之助が顔をしかめた。

「団二郎さんは、寄場を出てから付合いを断っているようですが、この辺りの連中が、寄場にいる頃に、とんでもない悪事を働いていたと考えられますねえ」

お竜も切なくなってきた。

せめて、こんな連中が、二度と団二郎と関らぬよう気をつけてやらねばなるまい。

「思わぬところから、我々に仕事が廻ってきたかもしれませんねえ」

文左衛門の表情が、世話好きな隠居から、〝地獄への案内人〟の元締のそれに変わってきた。

(四)

お竜と井出勝之助は、おりんと幹太郎に構ってやりつつ、隆助と東五郎の動向を探ることにした。

文左衛門の従者である安三も二人を手伝った。

こうなると、お竜は仕立屋の仕事がはかどらず、勝之助は〝鶴屋〟での剣術指南と手習い師匠が疎《おろそ》かになってしまうのであるが、

「当分は、これで暮らし向きを整えてください……」

と、文左衛門から五両ずつ渡されていた。

探索の掛かりも要るし、二人にとっては真にありがたいのだが、勝之助はお竜と顔を合わせると、

「そやけど考えてみたら、紀伊國屋《きのくにや》文左衛門という人は、幾ら儲けて、幾ら使《つこ》うて、幾ら貯め込んだのやろなあ」

真顔で言った。

「そんなことは考えてもみなかったよ」

おもしろいことを言う男だと、お竜は呆れ顔で応えたが、当代の文左衛門は、気が付くと莫大な金を受け継がねばならぬ身になっていたのであろう。

一族はそれぞれ稼業を持っていて、豊かに暮らしている。

遺してやる実子もなく、これといって道楽もない。

材木商の主でいた頃は、つい商売に精を出してしまうから、金は減らない。

金は金を呼ぶもので、商人などしていると増え続ける。

何とかせねばならぬと隠居して、

――さて何をして、この金を使えばよいものか。

文左衛門は、真剣に考えたのであろう。

とどのつまりは、弱い者達を苛《さいな》む悪人共を、地獄へ案内してやるためにこれを使わんと決心したのだが、金を使わねばならないと思い悩む隠居の姿を思い浮かべると、何やらおかしくなってくる。

勝之助は、ふとそこに想いが及んだのであろう。

「ほんまはもっと、おれと仕立屋に、金を使うのを手伝《てつど》うてもらいたいのやろなあ」

「なるほど、そうなのかもしれませんねえ」

人の命を奪い、自分自身も生と死の狭間にある危ない橋を渡らねばならないの

だから、

「これくらいのお金は、地獄への案内料として、受け取ってもらわないといけません」

文左衛門は、お竜と勝之助にはいつもそう言って、二十両、三十両という大金を渡すのだが、

「それくらいでは御隠居の金は、大して減らんさかいになあ。はははは……」

勝之助の話はおもしろい。

文左衛門は、一蓮托生《いちれんたくしよう》の二人にはもっと金を渡したいのであろうが、以前にもらった分が貯まっていて、

「ご隠居、そんなにちょうだいしても、あたしには使い途《みち》がありませんので……」

時にお竜は、そう言って文左衛門から金をもらわぬこともある。

それは勝之助も同じであった。

遺してやる子供もなく、これといって道楽もないのは、二人共同じなのだ。

人殺しをもって方便《たつき》をたてるのは空《むな》し過ぎる。

お竜も勝之助も、〝地獄への案内人〟としての実入りがなくとも、人並みに暮

らしていける身でありたいと、日々表の仕事に励んでいる。

そうすると、金があっても使う暇もないし、使い方もわからない。

分不相応に金を使えば、人に怪しまれるので、使い方を探すつもりもない。

美味い物を食べ、上質の酒を飲みたい時もあるが、高価な料理よりも、めざしで食べる茶漬けの方がありがたい時もあるというものだ。

少々、食べたり飲んだりしても、なかなか金は減らない。

そういう暮らしがつまらぬとは思わないので、お竜も勝之助も、文左衛門から与えられる案内料が日増しに貯まってくるのが、

——ほんに困ったものだよ。

恐怖さえ覚える。

これまで二人でこんな話をしたことはなかったが、勝之助もまた同じ想いを抱いていると知れて、お竜に安堵《あんど》の笑みが浮かんできた。

「おれでさえも、この貯まった金はどないしたらええのかと、頭を抱えることもあるのやさかい、御隠居は尚さらやで」

「そうですねえ。ご隠居のためにも、あたし達はもっと上手にお金を使わないといけませんねえ……」

「そうや、御隠居のためにな……」

ひとまずは、案内人として、変装して誰かに成りすます時は、気前よくばら蒔《ま》くことにしよう。

お竜と勝之助は、そのように誓い合った。

自分自身ではない誰かが豪遊するのなら、大事はあるまい。

二人は満足げに頷き合ったが、

「何でこんな話になってんやろ?」

勝之助は小首を傾げた。

――あんたが、ご隠居のお金の話をし始めたんじゃあないか。

お竜は失笑しつつ、

「ご隠居から五両をもらって、あのお方の懐の内はどうなっているのかと、ふっと気になったんでしょう」

「うん。そうや。そうやったな……」

勝之助は、からからと笑ったが、すぐにまた真顔になった。

「そやけど、考えてみたらありがたい話やないか」

「ええ、お金をちょうだいできるわけですからね」

「いや、一緒になって金を使《つこ》てもらいたい。その想いを託《たく》されていることが、何よりもありがたいがな」

「そうですねえ……。ほんに勝さんの言う通りだ」

お竜は、空を見上げている勝之助を見て神妙に頷いた。

感情が高ぶった時に空を見上げる、勝之助の癖《くせ》は心得ているが、今日のそれは何やら神々しく見えた。

常日頃は、ふざけたことを言って、笑ってばかりいるが、生きる悦《よろこ》びの奥行きを、勝之助はいつもしっかりと見つめているような気がする。

さすがは武家の出で、学もあり、苦しい修練を積んできた男だと、お竜は時に感心させられるのである。

これほどの男と共に、自分は文左衛門に信頼されている。信頼されているからこそ、自分が使い切れぬ金を、

——この女《ひと》ならば。

と、托さんとしてくれるのだ。

勝之助によって、そんな誇らしい気持ちになるのだが、真顔で道理を言う勝之助を、お竜は少しからかいたくなってきた。

凶悪な夫から逃れ、その乾分《こぶん》を殺し、自身も死にかけた過去を持つ自分が、そんな感情に至るとは、少し前なら信じられないが、

「勝さん、今の間にしっかりと貯め込んでおいたら好いでしょうよ。そのうちに妻《めと》を娶り、子を生《な》せば、幾らでも使い途ができるというもんだ……」

すっと、そんな言葉が出ていた。

勝之助は、いつもの人を食ったような顔付きとなって、

「なるほど、その手があったか。遺す者ができたら、御隠居も喜んでくれるかもしれんなあ。仕立屋、お前もそのうちええのを見つけて、この世に遺す者を産み落したらどないや」

と、やり返した。

「あたしが子供をねえ……」

お竜は一笑に付したが、勝之助は再び真顔になって、

「御隠居はそれを望んでいる……。そのうちそうなることをな……」

と、言い置いて、すたすたと歩き出した。

二人は先日に続いて、ちょっとやくざな旗本の次男坊と、その情婦のそれ者風となって、町角で立ち話をしていたのだが、昼過ぎになり、万屋から隆助が出て

来て、どこかへ向かったのを認めたのである。

このところの調べで、隆助は毎日ほぼこの時分になると出かけると知れていた。

お竜と勝之助は、二手に分かれて隆助のあとを追った。

やがて隆助は、一軒の煙草屋へ入ると、四十半ばの店主夫婦相手に、何やら低い声で話し始めた。

二人は再び合流し、煙草屋へ寄って、痴話喧嘩をしているように見せかけつつ、そっと聞き耳を立てた。すると、

「寄場の方に探りを入れてみたんですがねえ。こちらさんのお身内は、中での覚えが悪いみてえですぜ」

という隆助の声が聞こえてきた。

「とりたてて、行いが悪いというわけじゃあねえんですがね。どうもやる気が見られねえと、思われているようでしてねえ。このままじゃあ、すんなりと三年で出してもらえるかどうか、あっしには何とも……」

「左様でございますか」

「まあ、旦那方のご機嫌を取り結ぶことですねえ」

「隆助さん、ここはひとつ、旦那方にお取り次ぎ願えませんか。これくらいあれ

ば何とかなりませんでしょうかねえ」

「いやいや、そんなことをしたら、あっしが叱られちまいますよう」

「そこを何とか……」

「困りましたねえ……。三両ではご機嫌を伺うのは大変だと思いますよ……」

「そしたら、これでどうでしょう……」

「うーむ……。へい、わかりやした。何とかいたしましょう。若い人の先行きがかかっておりますからねえ……」

　このような会話が続いた後、

「おおきに、おやかましゅうございました……」

と、下手に出た物言いで言葉を残し、隆助は煙草屋から出てきた。

　どうやら五両せしめたらしい。

　お竜と勝之助はその刹那《せつな》、

「旦那、ちょいと待っておくんなさいまし」

「ふん、お前に用などねえや」

と、痴話喧嘩を装って歩き出し、隆助のあとを巧みにつけた。

「けッ、しけてやがるぜ。まあ、ねえよりはましか」

隆助は、懐手をしながら独り言ちた。

こ奴はこれまで、もう何度ともなく、件《くだん》の騙《かた》りをしているのであろう。町の煙草屋の五両は、なかなかに大変な金である。

体《てい》の好い強請《ゆすり》をしておきながら、しけてやがるとは、どうしようもない悪党ではないか。

お竜と勝之助は、痴話喧嘩の末に別れ行く男女を演じつつ、胸の内に怒りの炎を燃やしていた。

既に前日は、安三が別の家での隆助の騙りを見届けていた。

隆助は、さらに一軒廻るのであろうか、不敵な笑みを浮かべて、肩で風を切って歩いて行く。

煙草屋夫婦の身内とは、息子のことであろうか。

それとも主の弟か、甥か。この辺りはまた調べればわかるが、煙草屋はたとえ五両の金でも隆助に托したが、中には金を払えない事情がある者もいるだろうし、これを騙りのひとつと見て、出し渋る者もいるはずだ。

その時は、悪徳同心の脇田要平が動いて、寄場人足に何らかの落度をでっちあげたり、酷い目に遭わせたりするのであろう。

そして寄場の外でも、金を払わぬ者には嫌がらせをするのに違いない。

その辺りの裏をとって、文左衛門は悪党共に罰を与えてやろうと考えていた。

地獄へ送るかどうかは、さらなる調べ次第だが、このまま見過しには出来ないほど、脇田一味の所業は悪辣《あくらつ》極まりない。

たとえ町同心であっても、容赦はしない。

つい先ほどまで、金の使い途について、軽妙な会話を続けていたお竜と勝之助は、猟犬のごとく隆助に鋭い目を向け、さらにあとを追った。

すると、亀島橋の袂《たもと》で隆助は立ち止まり、辺りをきょろきょろと見廻した。

誰かとここで落ち合うのであろうか。

お竜と勝之助は、川岸にそれぞれ佇《たたず》んで、様子を見ていたのだが、やがて橋の向こうからやって来た男の姿を認めた途端に、物陰に身を寄せた。

男は鞴《ふいご》を肩に担いでいた。鋳掛屋の出立《いでた》ちである。

――もしや。

お竜と勝之助は、そっと鋳掛屋を目で追った。果して男は団二郎であった。

今では付合いがなくなっていたと思われたが、隆助が待っていた相手が、団二郎であったのは言うまでもない。

隆助は笑いながら団二郎の傍へと歩みを進めた。

団二郎も隆助に気付いて会釈をしたが、その表情は険しかった。遠目に見てもそれはわかる。

二人は、しばし話をしていたが、薄ら笑いを浮かべる隆助に対して、団二郎は終始怒ったような素振りを見せていた。

やがて、隆助は団二郎に背を向け、そのまま軽く手をかざして歩き出した。

団二郎は、しばしその後ろ姿を睨みつけるように見ていたが、一旦その場に置いた鞴を肩に担ぐと、再び来た道を引き返して行ったのであった。

(五)

「親方……、熊吉《くまきち》さん……。いつも相すみません……」

万屋の隆助と亀島橋の袂で会った二日後。

団二郎は昼の八つになろうかという時分になって、一膳飯屋〝とみ〟を訪ねた。

昼餉《ひるげ》の客はすっかり引いていた。権三はにこやかに迎えて、

「団さんかい。おりん坊と幹坊は、手習いに行っているよ」

「へい、その様で……」

団二郎は元よりそれを見越して来ていた。

「親方、こんな目くされ金じゃあ、何の足しにもならねえが、あいつらのために使ってやってくださいまし……」

団二郎は、権三を拝むようにして、縞《しま》の巾着《きんちゃく》に入れた銭金《ぜにかね》を差し出した。

「団さん、こんなことをしなくても好いよう。前にもいくらかもらっているし、お前も掛かりが要るはずだ」

「二人共、よく手伝ってくれるからね。親方もおれも助かっているんだよ」

権三と熊吉が口々に言ったが、

「とんでもねえ。銭がありゃあ、また飲んじまいまさあ」

団二郎は頭《かぶり》を振った。

「そうかい。そんならこいつは預かっておくが、少しずつで好いから、子供達に会うようにしてやりな」

「へい。そういたします……」

「この前は、元の家で、親子三人で過したのが随分と嬉しかったみてえだぜ」

「そうでしたか……」

「せっかくここまできたんだ。五日に一度くれえは、一緒に暮らすようにすれば、そのうち元通りになるさ」

「そうなれば、よろしゅうございますねえ」

団二郎は、宙を見ながら、溜息交じりに言うと、

「親方と熊吉さんの情けに甘えちまったあっしを、どうか許してやっておくんなせえ」

二人に深々と頭を下げて、店を出た。

権三は首を傾げながら、巾着を眺めた。

「また子供を預かってもらいてえと言った時は、少しずつ元の暮らしに慣れようと思っているんだと安心したが、まだ気を病んでいるみてえだなあ」

団二郎の言っていることはおかしくないし、子供達への想いもひしひしと伝わってくる。

しかし、顔の表情や声が、今まで以上に曇っている。

やる気が空回りしているのか、励みすぎて体の調子を壊したのか。

権三とて、それなりの修羅場を潜《くぐ》ってきた男である。

人の異変には敏感であった。あとを追ってもう少し話を聞こうかと思ったが、

おりん、幹太郎の面倒も見てやらないといけないし、あれこれ訊ねて、団二郎がかえって心を乱すかもしれないのだ。

「そのうち、また、ご隠居に智恵をお借りすれば好いか……」

同じように思案顔をする熊吉に告げると、夕餉《ゆうげ》の仕込みに取りかかったのであった。

権三の不安は当っていた。

〝とみ〟を出てからの団二郎の足取りは、岩を引きずっているかのように重かった。

権三と熊吉には、冴えぬ顔に何とか笑みを取り繕っていたが、歩き出した途端に表情は青ざめ、乾いた目は死人《しびと》のように空《うつ》ろであった。

彼は一旦、己が住まいの長屋に戻ったが、そこから鞴を担いで鋳掛屋の商売に出ることもなく、手拭いを抹頭《まっとう》に被り、筒袖の着物に腹掛、股引《ももひき》、草履は鼻緒に細紐を通し、かかとで結んで、動き易い職人の出立ちで再び外へ出た。

動き易い形《なり》をしているというのに、相変わらず団二郎の足取りは重く、北へ向かいながらも、先々の橋の上でぼんやりと川面《かわも》を眺めたり、渡ったかと思うと、また川岸の柳の下に佇み、溜息ばかりをついていた。

やがて、日は傾いていく。

日が暮れるまでの暇潰しをしながら歩いているようにも見える。

すっかりと暮れてきた時。

団二郎の姿は、霊岸島町の盛り場にあった。

隆助が東五郎と二人で、寄場見廻り同心・脇田要平を接待した料理茶屋からは、ほど近い路地だ。

団二郎は、路地の角にある小さな稲荷社の陰にその身を移した。

目は少し離れたところにある居酒屋に向いている。

そこは、居酒屋にしては軒行灯《のきあんどん》も洒落《しやれ》た扇形で、紺の麻暖簾も小粋であった。

店には酌婦《しやくふ》もいて、ここで少し腹を充たし、ほろ酔い気分になって、酌婦をからかいながら次の店へ繰り出すという、ちょっと羽振りの好い遊び人、その筋の者がいかにも好みそうなところであった。

ここに万屋の隆助は、毎日のように来ているという。

東五郎と連れ立って来る時もあるが、夜遊びは自分の思うがままに女を求めて歩き廻るのが隆助の流儀である。

仲間とつるむと、気が大きくなり喧嘩沙汰を起こしてしまうかもしれない。

そもそもそれが祟《たた》って人足寄場に送られてしまったのだ。

脇田同心の後ろ盾があるとはいえ、

——銭のある奴は、無茶をしねえことだ。

と、悪党なりに分別がついたのか、今では上手に遊ぶよう心がけているのである。

団二郎は、そんなどうでも好い隆助の流儀を聞かされた上に、

「おれはいつも、六つ刻から一刻ばかり、霊岸島町の〝浜しお〟という店で飲んでいるから、顔を出してくんな」

と、誘われていた。

それゆえ、かつての友情を取り戻さんとして、ここまでやって来たわけではない。

終らせてやろうと思って来たのである。

少し前に鋳掛屋として町を流していた時に、団二郎は寄場を出て以来会っていなかった隆助と、思わぬ再会をした。

だがそれは、団二郎にとっては望まぬ縁であった。

〝浜しお〟から、酌婦に送られて隆助が出てきた。

「おう、また来るからよう。今度は二人だけでしっぽりとな……」

ほろ酔いで酌婦に告げると、隆助は上機嫌で歩き出した。

団二郎は、稲荷社の陰から出て、降助のあとをそっとつけた。

隆助は、亀島川の岸で立ち止まり風に当った。

辺りには人気《ひとけ》がない。

団二郎は抹頭に巻いた手拭いの上から、さらに頬被《ほおかむ》りをすると、懐に呑んだ一《いち》物《もつ》を取り出した。

それは晒《さら》しにくるんだ出刃包丁であった。

――殺してやる。

団二郎が隆助の姿を求めたのは、このためであった。

相手は酔っていて、今は油断している。

声をかければ、

「おう、やっと来たのか……」

と、笑みのひとつも浮かべるであろう。

そこに隙が出来るはずだ。

一突きにして駆け去ろう――。

腹を据えて、包丁の柄をぐっと握りしめた。

しかし、その手を俄《にわか》に取ってぐっと押さえる者がいた。

「旦那は……」

おりんと幹太郎に読み書きを教えてくれている、井出勝之助であった。

勝之助は、にこやかな表情で頭を振った。

さらに、いつしか団二郎の傍を、仕立屋のお竜が通りかかり、

「ちょいと参りましょう……」

小声でそっと語りかけた。

㈥

お竜と井出勝之助は、ひとまず団二郎を、文左衛門の隠宅へ連れていった。

お竜と勝之助は、団二郎が隆助と会っているところを見てから、何かが起こりそうだと、彼の様子を探っていた。

そして、団二郎が隆助の命を狙わんとしているところに出くわしたのだが、

「〝とみ〟へ行ったら、団二郎さんを見かけましてねえ。どうも思いつめた様子だったので、おりんちゃんと幹坊に何かあったのかと井出先生を訪ねたのですよ」

「子供達二人はいつも通り、表情も明るかったゆえ、気になっておぬしの家を訪ねようと思ったところ、商売道具も持たずに、恐い顔をして道行く姿を見かけた

というわけじゃ」

二人は、団二郎にはそのように理由《わけ》を話した。

団二郎は、隠宅への道中に話を聞いて、

「それであっしらのことを、そっと見ていてくださったので……」

と感じ入り、目を伏せた。

「よろしゅうございましたよ。早まったことをしてはいけません」

「まず気持ちを落ち着けて、理由を聞かせてもらおうやないか」

お竜と勝之助は、自分達二人では心もとないので、文左衛門のご隠居を訪ねてみようと持ちかけた。

「あのお方でしたら、きっと力になってくれますよ」

「ご隠居さんの噂は、権三の親方から何度か聞いておりますが、こいつばかりは、なかなか埒《らち》が明く話じゃあございません……」

話せば迷惑がかかるかもしれないと、団二郎は頭を振ったが、

「あの御隠居をみくびってはならぬぞ。我らも付き添うゆえ、何もかも打ち明けてみるがよい。話すだけでもすっきりとするはず。悪いようにはいたさぬ」

勝之助にぴしゃりと言われると、団二郎は一度立ち止まり、

「へい。ここまでご厄介をおかけしておいて、どうこう言えるものでもございませんねえ。ありがとうございます。先生とお竜さんに、お任せいたします……」

二人にしっかりと頭を下げたのであった。

「人は死ぬまでの間に、殺してやりたいと思う相手が二、三人はできるものじゃ。場合によっては、このおれが叩っ斬ってやるわ。ははは……。さあ、参ろう」

勝之助は、本気とも冗談とも言えぬ話をしながら、団二郎を促して、文左衛門の隠宅への道を辿った。

いかにも強そうではあるが、洒脱《しゃだつ》で人当りのよい武士に励まされると、団二郎の表情にも精気が浮かんできた。

――こんな時は、やはり勝さんは頼りになるねえ。

お竜は、相棒というにはおこがましいが、勝之助が仲間でよかったと、つくづくと思い知らされていた。

「団さん、御隠居の家までは、まだもう少しある。今の間に頭の中を整えて、家へ着いたら初めから話してもらおうやないか」

「へい。承知いたしました……」

やがて文左衛門の隠宅に着いた時には、団二郎の顔も引き締まってきた。

家へ入るや否や、

「御隠居、団二郎殿を連れて参った。ちと、話を聞いてやってもらえますかな」

勝之助は、笑顔で迎える文左衛門に、まず今日の仕儀を、お竜と共に語り聞かせた。

その間、団二郎はひたすら恐縮の体で畏《かしこ》まっていたが、

「まあ団二郎さん。軽く酒でも飲んで話しましょう。権さんからお噂は聞いておりましたが、思いの外に、顔色もよいではありませんか」

と、穏やかな調子で話しかけた。

〝とみ〟で以前に何度か顔を見かけたものの、ゆっくり話したことなどなかった隠居であった。

しかし、このように声をかけられ間近で見ると、

――何もかも打ち明けて、話を聞いてもらいたくなる。

たちまちそんな気になった。

「よろしくお願いします。お手間を取らせてしまって、お詫びのしようもございません」

団二郎は、安三に勧められて座敷へ上がると、額を畳にすりつけた。

「まあ、お近付きの印に一杯参りましょう。但し、二合までにしておきましょうか。ははは……」

文左衛門は愉快に笑うと、安三に酒の用意をさせて団二郎に注いでやった。

「それで、どうして出刃包丁などを持ち出して、人の命を狙ったのです？」

「へい。そのことでございますが、真にお恥ずかしい話でございます……。あっしが殺してやろうと思ったのは、隆助と申しまして、若い頃は一緒に遊んだ仲の男でございます」

団二郎は、酒を少し口に含むと、堰《せき》を切ったように語り出した。

隆助のことや、団二郎の昔については、予《あらかじ》め調べがついていたが、本人の口から聞くと、また新たな事実がわかり、興をそそられた。

やがて、話が寄場人足としての仕事中に事故で死んでしまった卯吉のことに及ぶと、団二郎は無念に顔を歪めたものだ。

隆助に誘われて、卯吉を連れて小博奕に行った団二郎は、そこで起こった大喧嘩に巻き込まれた。

友達を見捨てて逃げるわけにはいかなかったのだが、何よりも喧嘩に弱い卯吉を守ってやらねばならないと思ったのだ。

卯吉は子供の頃から心やさしい男で、団二郎が父親を亡くした後は、何かというと団二郎と母親を気遣ってくれた。

母子で風邪をこじらせて寝込んだ時は、卯吉が熱心に訪ねてきてくれて、粥《かゆ》を炊いたり、手拭いを水に濡らして額に当ててくれたり、世話をしてくれたものだ。

しかし、心やさしい分、喧嘩には滅法弱く、悪童に苛められては泣いていた。

そういう卯吉を、人一倍正義を貫く団二郎は、身を挺して守ってやった。

理不尽なことには真っ向から立ち向かう団二郎に、喧嘩自慢の隆助は、

「団二郎、助《す》けてやるぜ！」

と、よく加勢してくれたので、卯吉もその恩恵に与《あずか》ったこともあった。

しかし、それは隆助の俠気からというより、団二郎の助っ人に託《かこつ》けて、喧嘩をしたかっただけのような気がした。

卯吉に対しては、

「あんな弱《よえ》え野郎は、何度も殴られりゃあ好いんだよう。そのうち強くなるってもんさ」

と素っ気なく、卯吉が苛められているのを見かけても団二郎が喧嘩を始めないと、通り過ぎるばかりであった。

卯吉も、隆助の性根を見抜いていて、

「おれは団さんに助けてもらったと思っているが、隆助の世話になった覚えはねえよ」

と、団二郎にはよく言っていた。

卯吉は隆助に馬鹿にされるのが堪え難く、団二郎に小博奕へ誘われた時は、

「おれも連れて行っておくれよ。おれもちょっとは腕っ節が強くなったんだぜ」

と、隆助何するものぞという気概を見せたのであった。

隆助はというと、

「あんな末生り《うらな》の瓢箪《ひょうたん》みてえなのを誘わなくても好いってもんだぜ。いざって時は足手まといになるぜ」

相変わらず、卯吉をこき下ろしたものだが、実際に、隆助が言った通りになってしまった。

いかさまだと騒ぎ立てた男を、団二郎と隆助が宥めにかかったが、隆助は喧嘩を売るような態度で臨んだから、男と喧嘩になり、相手の連れが加勢した。

こうなると団二郎も隆助の加勢をしてやらねばならなくなり、卯吉は団二郎を助けんとして、彼もまた喧嘩の渦に飛び込んだ。

しかし、卯吉は口ほどもなく叩き伏せられて、団二郎はもっぱら卯吉を守ってやることになった。

結局は、隆助も団二郎も卯吉に足を引っ張られた形で手傷を負い、逃げ遅れてしまったのである。

こうして、三人揃って寄場送りになったのだが、

「これでおれにも、ちょっとは箔《はく》が付くってもんだな」

悲嘆する団二郎と卯吉に反して、隆助はどこか楽しげで、友達二人を気遣う様子は微塵《みじん》もなかった。それが本当のところであった。

「あっしは、寄場へ送られてから、隆助の本性を知りました……」

団二郎や卯吉は、そもそも道を踏み外してやくざ渡世に生きるつもりはなかった。

しかし、船人足をしていた隆助は、折あらばやくざ者となって暮らしてやろうと、その機会を探っていたようだ。

かつては、更生目的で設けられた寄場であったが、文化の頃からは追放刑の者まで収容されるようになり、次第に牢獄の色合いが強くなっていた。

隆助と同じような考えを持つ、不埒な者が集まってくると、そういう者同士が

つるんで、かえって悪の道に走るようになるのだ。

団二郎、卯吉は隆助と部屋が分かれていたので、次第に疎遠になっていった。

それでも狭いところにいるのだ。顔を突き合わせるのは毎日のことで、団二郎は次第に他の人足達から、

「兄ィ」

と呼ばれて悦に入っている隆助の姿を見かけるようになった。

隆助は東五郎という車力《しゃりき》崩れとつるむようになっていた。

この男もまた喧嘩自慢で、二人は収容されている連中の中でも一目置かれる存在となり、巧みに寄場見廻りの同心・脇田要平に取り入るようになる。

「この脇田というのが無慈悲な野郎でございまして……」

文左衛門が調べた通り、脇田は気に入らないことがあると人足達に当りちらし、

「お前、そんな様子じゃあ、小伝馬町へ送ってやるぞ」

と脅しつけるのだ。

幸いにして、団二郎と卯吉に害は及ばず、二人は黙々と寄場での労役に服し、時が経った。

「卯吉、お前をこんな目に遭わせちまったのはおれだ。許してくんなよ」

「団さん、よしとくれよ。団さんはいつもおれの味方をしてくれたし、皆と同じように付合ってくれたじゃあねえか。おれはいつも心の内で手を合わせているのさ」

団二郎が詫びると、卯吉はいつもこんな風に応えたものだ。

真面目に務める者には、それなりに賃金が下される。

ここを出たら、それを元手に何か小商いでもするつもりだと、卯吉は嬉しそうに語ったものだ。

「そうして、二年が過ぎた時に、恐ろしいことが起こったのでございます……」

(七)

寄場の人足達は、時に川浚《かわざら》えや護岸普請に動員された。

その時は、鉄砲洲の護岸普請に送られたのであるが、鋳掛屋の技を持つ団二郎は、そっちの仕事を与えられ、この普請には行かずにすんだ。

しかし、棒手振りの卯吉は特に手に職がなく、日頃は材木の切れ端で、桶《おけ》や盥《たらい》を拵《こしら》える作業に従事していたのだが、それほど手先が器用なわけでもなく、この普請に駆り出された。

隆助、東五郎といった荒くれも、卯吉と共に行かされたのであるが、普請場で卯吉が連中に苛められたりしないかと、団二郎は心配したものだ。

それでも、卯吉は平気な顔で、

「団さん、おれもガキじゃあないんだからよう、大丈夫だよ」

と、元気に普請場に出ていたし、気は弱くとも力は強いので、無事仕事をこなしていた。

ところが三日目の夜に、小屋に戻ってきた卯吉は、思い詰めた顔をしていた。

「どうかしたのかい？」

やはり何か酷い目に遭わされたのだと思って、小屋の隅で訊ねてみると、

「いや、そんなんじゃあねえんだが……」

卯吉は口を閉ざした。

小屋の内で、あまり込み入った話も出来ず、とりあえずその場は、

「何かあったら、きっと言うんだぞ」

と、すませたが、その翌日になって堪《こら》え切れなくなったのか、卯吉は普請から戻ると、ぽつりぽつりと打ち明けた。

それによると、普請場には小さな地蔵堂があり、護岸普請する間はこれを一旦

移動し、地盤を固めてから、また戻すことになったのだが、

「そこに、どうも盗人《ぬすっと》が隠した金が埋められているらしいんだ」

というのだ。

「何だと……？　どうしてそれが……」

「隆助と東五郎が話しているのを聞いちまったんだ……」

「隆助と東五郎が……」

「おれはその時、小便がしたくなって、地蔵堂の近くの雑木林の中でさせてもらっていたんだ。すると、隆助と東五郎がやってきて、おかしな話を始めたんだ」

卯吉は、この二人には関りたくないので、聞くとはなしに聞いていたのだが、

「まったく間抜けな盗人もいたもんだ」

「ああ、こんなところに隠しやがってよう」

「お宝を隠したは好いが、地蔵堂が取っ払われると聞いて慌てたとは笑えるぜ」

「だが、諦めずに手を廻したとは、よほどお宝が惜しかったんだろうな」

「お蔭でおれ達も、おこぼれに与れるってもんさ」

卯吉は愕然《がくぜん》とした。

聞いてはいけない話であった。

どうしていいかわからず、ひとまずそっと用を足した後、持ち場に戻ろうとしたのだが、雑木林を出たところで、二人に呼び止められた。

この時の隆助と東五郎の形相《ぎょうそう》は凄じいもので、卯吉はうろたえてしまった。

「おう、卯吉、お前は何をしていやがるんだ」

隆助がどすの利いた声で問うた。

こうなると気が弱い卯吉は、しどろもどろになる。

「いや、小便を……」

「そうかい。で、今何か聞かなかったか？」

「何かって？」

「おれと東五郎がしていた、馬鹿話だよ」

「いや、何も……」

「何も？　何も聞いていねえのなら、どうして、そんなにそわそわしてやがるんだ」

隆助は尚も迫った。

隆助もまた慌てていたのだろう。これでは自分達が怪しげな話をしていたことを、認めたようなものだ。

「聞かれては困るような話をしていたのかい？」

卯吉もつい言い返した。

「何だと……」

隆助も言葉に詰った。

「何か悪巧みをするのなら、そっとわからねえようにするんだな」

卯吉はそう言い置いて持ち場に戻ったのだが、隆助と東五郎は、

「いけねえ、卯吉に聞かれちまったぜ」

と、思ったに違いない。

「どうすれば好いんだろうなあ」

卯吉は不安を募らせていた。

「それからはどうなんだ」

団二郎が問うと、

「顔を合わせることがあれば、睨みつけられるけど、とりたてて何も……」

卯吉は目を伏せた。

ここは寄場である。牢獄のような密閉されたところではないし、石川島には役人達が何人も行き来する。

隆助達も下手なことは出来ないはずだが、卯吉が耳にした話は、とんでもなく

深い闇に繋がっている。

地蔵堂の移動については、隆助と東五郎が二人だけで当っていた。

それはつまり、二人が何者かに命じられ、盗人のお宝を密かに運び出そうとしていることに他ならない。

お宝を隠した盗人は、ここで普請が行われると聞いて、寄場の役人を買収し、山分けにするゆえ、運び出してくれと頼んだのであろう。

となれば、その役人は脇田要平に違いない。

そんな悪事が露見すれば、ただではすまない話だが、そもそも今は、この世に存在しない金である。

欲をかかず、きれいに分ければ盗人も喜び、脇田にも、寄場見廻り同心では手に入らぬ金が転がり込んでくる。

こんな時のために、隆助、東五郎を日頃から飼い馴らしてあるのだ。

脇田は二人に次第を伝えて、ことに当らせたのだろう。

「とんでもねえ話を聞いちまったなあ」

団二郎は、間が悪かったとしか言いようのない卯吉を案じた。

「卯吉、お前は何も聞いていなかった。聞いていねえから、誰にもお宝の話はしていねえ。それを貫くんだ。好いな……」

己が務めを淡々とこなせばよいと言い聞かせて、日々の暮らしを続けたのだが、その三日後に、普請場の足場が崩れて、卯吉はその下敷きになって死んでしまったのだ。

足場の作業をしていたのは、卯吉と隆助、東五郎であった。

これまで、地蔵堂の移動を任されてきた二人が、俄に足場を組めと言われたらしい。

指示を出したのは脇田である。

「間違いありません。卯吉は口封じに殺されたんです……」

団二郎は、骸《むくろ》となって寄場に戻ってきた、友達の姿を思い出して、身もだえした。

文左衛門は黙って相槌を打った。

「念には念を入れたのでしょうな。団二郎さんへの見せしめということも含めて……」

卯吉が、もし誰かにこのことを打ち明けていたとしても、下手な動きを見せたら、お前もこうなるという脅しにもなると考えたのに違いない。

「口惜しゅうございましたが、何か言い立てたって、捻《ひね》り潰されるだけです。あっしは何も聞いていないふりをして、黙って務めました。言い交わしたおいしは、あっしが寄場を出る日を心待ちにしている。出たら所帯を持って、つましくともまっとうに生きていこうと、それだけを願って……」

こうして、長い物には巻かれるしかないと、脇田には睨まれぬよう心がけ、隆助と東五郎にも、恨みの目を向けずに過し、無事に寄場を出られた。

その後も隆助には近寄らず、おいしにも卯吉が死んだ理由は明かさず、忌《いま》わしい過去は忘れて、親子四人で幸せに暮らしていこうとしたのだ。

しかし、自分のせいで卯吉を死なせてしまった無念は、時折団二郎の心を乱した。

おいしは、寄場で酷い目に遭ったのであろうと察して、その度に深い理由は問わず、団二郎を支えてくれた。

「嫌なことはなかなか忘れられないものですよ。そんな時は、気が晴れるまで家でじっとしていれば好いんですよ。お前さんには、わたしが付いているんだから」

その言葉でどれだけ救われたことか。

ところが、生きるようすがであったおいしは、三月《みつき》前に亡くなった。辛い昔の思い出に押し潰され、それを忘れようとして飲んだくれた時は、いつもにこやかに迎えに来て駄々《だだ》っ児をあやすようにして家へ連れて帰ってくれたおいしが、まだ幼い子供を残して死んでしまうなんて——。

ここに至って、団二郎は遂に気の病に陥ってしまったのだ。

文左衛門は嘆息した。

お竜と勝之助も、大きな衝撃を受けた。

寄場での酷い思い出が、未だに団二郎を痛めつけている。

それは何とはなしにわかっていたが、想像を超える余りにも酷い思い出であった。

さらに、酷い思い出は現実のものとなって団二郎に襲いかかった。

おいしの死後、気を取り直して商売に励んだが、その折に、二度と会いたくない者との再会があった。

それが隆助であった。

「おう、団二郎じゃあねえか。久しぶりだなあ」

鋳掛屋として町を流していると、隆助はいきなり声をかけてきた。

団二郎は、嫌悪に襲われたが、

「隆助か……。おれは相変わらずだよ……」

努めて明るく応えて、その場はやり過した。

隆助もその時は何か用があったらしく、

「また会おうじゃねえか」

それだけ言い置いて、そそくさと立ち去ったのだが、ふと昔馴染のことを思い出したのであろう。

その数日後に再び、町を流す団二郎の前に現れた。

「お前、女房に死なれたそうだな。そいつはご愁傷《しゆうしよう》さまだったなあ」

あれから団二郎について調べたらしい。

団二郎はまたやり過そうとしたが、

「それで、お前は腑抜けのようになっちまったと聞いたぜ」

隆助は絡んできた。

――お前のせいで、おれは心に傷を負ったんだよう。

そう言ってやりたかったが、そこは堪えて、

「ああ、今じゃあ腑抜けの鋳掛屋だ。そっとしてやってくんな」

と応えたのだが、

「しけた暮らしをしてねえで、おれの仕事を手伝わねえか」

誘いをかけてきた。

「脇田の旦那が後ろ盾になってくれてよう。今は東五郎と一緒に万屋をしているんだが、お前がいてくれたら心強《こころづ》えや」

「おれなど何の役にも立たねえよ」

「いや、お前は卯吉から何か聞いたはずだというのに、これまで何も騒ぎ立てずにいてくれたじゃあねえか」

「何の話だ？　卯吉は足場が崩れて下敷きになって死んだ。それだけのことだ」

「ああ、そういうことだ。へへへ、お前は話のわかる男だぜ」

「とにかく、おれのことは放っておいてくれ」

団二郎は、隆助の意図を察した。

卯吉と一緒に始末してもよかったのだが、昔からの誼《よしみ》でそうはしなかった。そのように恩を着せ、悪事が忙しくなってきたから手伝わそうというのであろう。

隆助にとっては昔馴染だし、寄場にいた団二郎をいくらでも理由をつけて、がんじ搦《がら》めに出来ると踏んだのだ。

団二郎は上手く言い逃れて、自分の方でも隆助に探りを入れ、彼の今の状況を調べてみたが、あれ以来、東五郎と共に脇田の手先となって、強請《ゆすり》、騙りを繰り返しているらしい。

ここに至って団二郎は絶望した。

相手には町方同心がついている。盗人の上前《うわまえ》をはねた金がいくら手に入ったか知らないが、莫大な額であったはずだ。その力で、脇田はますます権勢を誇っているのだろう。

隆助は、自分が首を縦に振るまでは絡んでくるに違いない。

隆助の仲間になれば、今よりもはるかに好い暮らしが出来るのはわかっている。しかし、おりんと幹太郎のためにはならない。そして、自分のせいで寄場送りになったというのに、恨みごとのひとつも言わず慕ってくれた卯吉に申し訳が立たないではないか。

「あっしはすっかりと気を病んでしまいました。隆助なんかと関れば、子供達にも災いがふりかかるかもしれない。それで、権三の親方に預けて、思案したのでございます」

団二郎は、ただ気を病んで我が子を人に預けたわけではなかったのだ――。

「思案をした答えが、隆助を殺すことであったと……？」

文左衛門の問いに、団二郎はがっくりとして頷いた。

「そんなことをしても、埒は明きますまい。団二郎さんには、こうしてお節介を焼いてくれる仲間がいるではありませんか。悪い奴らは必ず綻《ほころ》びを出して、自分から滅んでいくものです。万屋の隆助という男を少し調べてみましたが、方々のその筋の者から恨みを買っていて、東五郎という仲間と共に命を狙われているという噂もあります。親玉の町同心も同様です。上には上がありますからねえ。今はもう少し誘いをうまくかわしておきましょう。そのうち相手もそれどころではなくなりますから」

「へい……。そういたしますでございます……」

文左衛門に諭《さと》されると、団二郎も心が晴れてきた。何もかもこの隠居に預けようという気になる。

「それにしても団二郎さん、あなたは長い間、苦しんできたのですねえ。今日、打ち明けてくださった話は、胸の奥にしまって、ここだけのことにいたしますよ。そうして、一緒に卯吉さんの死を悲しみ、回向《えこう》いたしましょう。団二郎さん、これからは、うんと幸せになってください」

「あ、ありがとうございます……！」

団二郎は、卯吉の姿を思い出し、心地よく泣くのであった。

(八)

その二日後の夜。

寄場見廻りの同心・脇田要平は、万屋の隆助と東五郎に伴われて、蒟蒻島のいつもの料理茶屋にいた。

まず三人で半刻ばかり悪巧みをしてから、芸妓を呼び、それぞれ別部屋へ消えていくのがいつもの趣向だ。

この日の悪巧みは、

「誰か算盤《そろばん》勘定に長《た》けた野郎はいねえか」

脇田の一言から始まった。

「そ奴を寄場へ送って、竹橋の勘定所の書庫へ行かせるのよ……」

勘定所の書庫整理には、寄場の人足達が時折駆り出されていた。

そこに算用に明るい者を送り込めば、江戸の商人達が知りたい帳簿の数字が探り出せるはずだ、と言うのだ。

よくも次々と悪事を思いつくものだ。

「こいつは好い値がつきますねえ」

「その辺りで勘定に明るい若《わけ》えのに罪を着せて寄場送りにして、すぐに放免にしてやると餌をちらつかせれば、尻尾《しっぽ》を振りますぜ」

隆助と東五郎が、まず尻尾を振った。

「こうなると人手が足りねえが、そっちはどうだ」

「へい、そのうちに鋳掛屋の団二郎を手伝わせます」

「鋳掛屋か……。日頃は外廻りをしているから、何かの折には役に立つかもしれねえな」

「隆助、脅しをかけるなら、おれも手伝うぜ」

「ははは、あんな野郎はおれ一人で十分だよ」

「寄場は金の生《な》る木だぜ。お前らは黙っておれの言う通りにしていりゃあ好い目を見せてやるから、しっかりと励めよ」

脇田がほくそ笑んだ時であった。

部屋に繋がる船着場に、編笠《あみがさ》を被った謡《うた》いの軒付《のきづけ》らしき浪人と、女太夫らしき女が猪牙舟《ちょきぶね》から降り立ったかと思うと、いきなり三人がいる部屋へ入ってきた。芸人など呼んだ覚えはないが、あまりにも堂々としているので、三人は何ごとかと一瞬目を丸くして男女を見た。

それが三人のこの世の名残《なごり》であった。

浪人は井出勝之助、女太夫はお竜であった。

勝之助は腰の刀を一閃《いっせん》させるや、東五郎の眉間《みけん》を斬り、隆助の腹を刺し貫いた。

その時には、脇田に抱きつくように飛び込んだお竜は、諸手《もろて》に持った小刀で、この悪徳同心の両脇腹を深々と刺し貫いていた。

悪人三人は、声もあげられず、そのまま地獄へと落ちていった。

お竜と勝之助は、すぐさま猪牙に乗り込むと、何ごともなかったように、安三が操る艪《ろ》に揺られ、亀島川の流れに身を委《ゆだ》ねていた。

料理茶屋の座敷には、

〝盗人の上前をはねる鬼とその眷属《けんぞく》地獄へ送りかえし候〟

と、書かれた料紙が一枚、川風に揺れていた。

この度の案内料は五十両ずつ。

お竜と勝之助は、要らないと言えず、この度は受け取ったのである。

「仕立屋、これでおりんと幹太郎は、元の暮らしに戻れるやろ」

「ええ、楽しみですねえ」

勝之助とお竜は、団二郎と親子三人で睦じく暮らす姿を、うっとりとして頭に思い描いていた。

瞬時に三人の男を殺害した殺気は、たちまちのうちに洗われていった。

「それにしても仕立屋……」

「何です」

「お前も時には、忌わしい思い出に襲われて、団二郎のように身もだえする時もあるのやろなあ」

ふっと労《いたわ》る言葉に、お竜は心打たれて、

「そんなこともありましたねえ……」

「今ではそんな柔《やわ》な女やおまへんか」

「おやさしい、井出勝之助様が、いつも守ってくださいますのでねえ」

「ははは、わかってんねやったらよろしい」

照れ笑いを浮かべる勝之助は、本当にやさしい男である。

いつかこの先生は、隠居の文左衛門のような、有徳人《うとくじん》になるのであろう。

「お竜さん、これからは、うんと幸せになってください……」

隠居の口真似をして笑う勝之助は真にふざけているが、そういうやり取りが出来るのが仲間というものであろう。

隆助に裏切られ、卯吉を死なせてしまった団二郎を思うと、

——あたしは仲間には恵まれている。

喜びが静かに込み上げてきた。

髪を撫でられるように吹く川風の向こうに、船宿〝ゆあさ〟の行灯の明かりが、ぼんやりと浮かんでいた。

今頃は、文左衛門が一杯やりながら、二人の到着を待っていることであろう。

温かな心地になった時、

「仕立屋、やっぱり五十両はもらいすぎやったなあ」

勝之助が溜息交じりに言った。

三、剣士

(一)

その日。
奥州での諸国行脚《あんぎや》を終え、北条佐兵衛《ほうじょうさへえ》は久しぶりに江戸へ戻った。
空は心地よい秋晴れ。
千住大橋を渡る佐兵衛を、温かく迎えているかのようだ。
橋を渡れば、ほどなく中村町《なかむらまち》の通りに出る。
そこから田圃《たんぼ》道《みち》を左へ入れば、真崎《まつさき》稲荷社の裏手に出る。
そこに佐兵衛の浪宅《ろうたく》があった。
一年の内のほとんどを旅に過ごす佐兵衛であるが、帰る家があるのは、
——実にありがたいことだ。

と、思っている。

もう四十に手が届く歳となった。

武芸の道は奥が深く、まだまだ高みに届かないが、時にはひと処《ところ》に腰を据えるのもよかろう。その家が彼にはある。

袖無羽織《そでなしばおり》に野袴《のばかま》、和《やわ》らかな陽光を受け止めんと、編笠《あみがさ》を左手に携えて道行く佐兵衛には威風が備っている。

奥州路よりもはるかに通行の人々に溢《あふ》れているところにあっても、佐兵衛の姿は一段と際立っていた。

しかし、佐兵衛を歓迎するのは、暖かな秋晴れの空ばかりではなかった。

橋を渡ると、野太く、凄みのある怒声が聞こえてきた。

見れば、いかにも凶暴にして屈強そうな浪人者が三人、恐ろしい形相で町の衆の前に立ち塞がり、

「おのれ、我らを素浪人と見て、侮りよるか？」

「ただではすまぬぞ！」

「何とか申せ！」

と、絡《から》んでいる。

町の衆は、商家の娘らしきと、それに付き添う手代と女中風である。何とか申せと言われても、猛獣のような男三人に凄まれては、声も出まい。

どうせ、足を踏んだとか、肩が触れたとか、難癖をつけて、いくらかにしようという輩《やから》であるのは知れている。

——困ったものよ。

〝火事と喧嘩《けんか》は江戸の華〟などと言われている。

何《いず》れに遭遇しても、散らすことなく通り過ぎるのを旨《むね》とする佐兵衛であるが、このような狼藉《ろうぜき》を前にしては、そうもいくまい。

しかし助けてやるのはよいのだが、浪人者達が、

「何だ汝《うぬ》は！」

「出しゃばるでない」

「相手をすると申すか！」

などと、お決まりの台詞《せりふ》をがなり立て、その声につられて野次馬達が集まってくると、実に困る。

助けた佐兵衛に、連中はやんやの喝采を送るであろう。助けられた娘達一行は、くどくどと礼を言うであろう。

そんな中で、

「名乗るほどの者ではござらぬ」

佐兵衛もまた、お決まりの台詞を言って立ち去る――。

これが面倒なのだ。照れくささを通り越して、吐きたくなる。

「おい！　どうするのだ！」

凶暴浪人達はまたひとつ吠えた。

――まず、どう見ても奴らがいけないのだ。わざわざ言葉をかけずともよかろう。

ここは無言で瞬時に三人を倒して、大騒ぎにならぬうちに立ち去ろうと、佐兵衛は腹を決めた。

彼はまず通り過ぎると、振り向き様《ざま》に、浪人達に向かって編笠を投げつけた。

独楽《こま》のように廻りながら飛んでくる編笠に、三人は当惑して、

「何だ……！」

と、一人が笠を払いのけたが、その刹那《せつな》、佐兵衛は腰に差していた一尺の鉄扇を抜いて、隙が出来た三人に向かっていた。

そして、二人は鳩尾《みぞおち》を突かれ、一人は首筋を打たれ、浪人達は身動き出来ずに、

その場に踞《うずくま》ってしまった。

ほんの一瞬の出来ごとに、周囲にいた者達は、娘一行も含めて、

「何ごとが起きたのか……」

と、息を呑んだ。

佐兵衛は笠を拾うと、足早にその場から立ち去った。

「あのお武家さんが……、やっつけたのだなあ……」

一同はただ呆気《あっけ》にとられて見送るだけで、佐兵衛は〝面倒〟から逃れられたのであった。

――うむ、我ながらうまくいった。後は勝手にしてくれ。

佐兵衛は、ほくそ笑みながら浪宅への道を急いだのである。

ところが、田圃道にさしかかったところで、先ほどから何者かが自分をつけている気配《けわい》を覚え始めた。

多くの人が行き通う江戸である。田圃道といえども、この道は橋場の渡し場に通ずるので、昼下がりの今は人も少なくない。

その中の一人が自分をつけているなどとは考え過ぎではなかろうか。

もしかして、先ほどの佐兵衛の武勇を見た者が、

「あの武士は何者であろう」

と、追いかけてきたのかもしれないが、果《はた》してそんな物好きがいるであろうか。

――いや、やはり誰かがあとをつけている。

だが、背後から殺気はしない。

ままよ放っておけと、真崎稲荷社の裏手にまでやって来た佐兵衛であったが、
気配の正体が、一人の若い武士と知れて、ゆったりと立ち止まると、

「某《それがし》に何か御用かな……」

振り返りつつ問うた。

「いや、これは畏《おそ》れ入りましてござりまする」

若い武士は、恐縮して恭《うやうや》しく頭を下げた。

歳の頃は、二十四、五か。中背で体中が引き締った様子で、鼻筋の通った精悍《せいかん》な面構えをしている。

何れかの大名家の家中で、いささか腕に覚えがある者らしいが、折目正しい好漢に見えた。

「さいぜんは、千住大橋の袂《たもと》で、お見事なる仕儀。感服仕《つかまつ》りましてござりまする」

「これはお恥ずかしいところを見られたようじゃ」

「恥ずかしいなどとは、重ねて畏れ入りまする」

「それを伝えに、あとを付けて参られたか」

「御無礼をお許しくださりませ。あの場で御声がけいたさば、御迷惑がかかるのではと存じまして……」

「いかにも。ありがたいことでござる」

佐兵衛は頰笑《ほほえ》んだ。

あの場で呼び止められていれば、少なからず人目を引いたであろう。

そういう気遣いが出来る若い武士に、佐兵衛はたちまち好感を覚えた。

「真《まこと》にお見事でござりました。編笠を投げつけて、相手の気を逸《そ》らしたところで、鳩尾に二つ、首筋にひとつ。あっという間に鉄扇にて打ち倒し、騒ぎにならぬ間に立ち去られた……。今思い出しても、胸のすくひと時でござりました」

「ほう……。通りすがりに見られましたか」

「はい」

「よくぞ見届けられた。随分と剣の修行を積まれた由《よし》」

「未熟ではござりまするが……」

「いやいや、貴殿が傍《そば》におられたとわかっていれば、出しゃばることもござらなんだ」

「いえ、わたしが出ていれば、手間取って野次馬の目にさらされるところでございました」

「はははは、これはよい」

佐兵衛は、自分よりはるかに若いが、同好の士に出会えた気がして、楽しくなってきた。

それは相手にも通じたか、

「申し遅れました。わたしは江中仙之助《えなかせんのすけ》と申します。主名の儀は御容赦願います」

若い武士は威儀を正した。

「某は北条佐兵衛と申して、未だ修行の身でござる」

「北条先生……。御噂《おうわさ》をお聞きしたことがござりまする。左様でござりましたか。先生が、北条一心流の……」

「これはますます恥ずかしい」

佐兵衛は苦笑したが、江中仙之助は顔を紅潮させて、

「先生の術を偶然にも窺《うかが》い見ることができて、恐悦《きょうえつ》に存じまする」

さらに畏《かしこ》まってみせた。

佐兵衛は、このまま別れ難くなって、

「このすぐ近くに、某の住まいがござる。よければ茶でも飲んでいかれぬかな」

滅多に言わぬ言葉を思わず口にしていた。

「よろしいので……？」

仙之助は、精悍な顔を崩して、満面に笑みを浮かべた。

「ならば、まずはござれ……」

佐兵衛は軽やかに仙之助を促して歩き出した。

武芸に生きる者は、日頃から五感を研ぎすます鍛練をしているだけに、武芸者の動きに敏感である。

それゆえ、思わぬところで互いの術を認め合い、交誼《こうぎ》が生まれることがある。

だが同時に、その出会いによって武芸に生きる者の哀愁を、改めて思い知らされるきっかけになる恐れをも秘めている。

若き仙之助は、佐兵衛と過ごす一時に、ただ悦《よろこ》びを覚えているが、長く修練を積み、数々の悲哀に触れてきた佐兵衛には、家へ誘《いざな》っておきながらも、手放しで誼《よし》みを通じ合えぬもどかしさが付きまとう。

佐兵衛が興をそそられた江中仙之助には、生まれながらに武芸者の因縁《いんねん》や宿命を背負っている、そんな想いを抱かせる何かがあったのだ。

・

(二)

北条先生が江戸に戻っている——。

まず自分に知らせてくれたらよいのに。それを隠居の文左衛門《ぶんざえもん》から知らされたのがお竜《りゅう》は少し癪《しゃく》であった。

北条佐兵衛の浪宅は、文左衛門の地所で、佐兵衛に惚れ込んだ隠居が、彼をここに住まわせた。

お竜はこの家で三年の間、佐兵衛の身の回りの世話をして、武芸を仕込まれた。

そうして、天賦の才を持ち合わせていたお竜を育てあげた後、

「……お前と同じ境遇にいる女たちのために、その腕を揮《ふる》ってやるがよい」

と言い置いて、佐兵衛は文左衛門にお竜を托《たく》し旅に出た。

以来、お竜は留守中の浪宅を時に訪れ、佐兵衛がいつ帰ってきてもよいように、

風を通し、掃除をし、備品を揃えておくように努めていた。

しかし、この度は文左衛門が日頃からあれこれと世話をしている、近在の百姓から、佐兵衛の帰りの報《しら》せがもたらされた。

とどのつまりは、自分が慌てて向かうことになる。

浪宅へは日頃から訪れているというのに、それを避けて帰ってくるのではないかと思わせられるが、

――先生が江戸におられる。

そう思うだけで、お竜の心は癒《いや》される。

そんな存在が自分にいるというだけで、温かい気持ちになるのだ。

駆けつけると、佐兵衛の浪宅に余人《よじん》の気配がした。

北条佐兵衛が家に賊の侵入を許すはずはない。

知り合いの者が訪ねているのであろうが、いったい誰であろうか。

興がそそられると同時に、どこか妬《ねた》ましい。

あれこれ師への想いが交錯する中、家へ入ると、百姓家《や》に手を入れた浪宅の裏手の庭に、若い武士がいて、袋竹刀《ふくろしない》を手に、佐兵衛と対峙していた。

どうやら佐兵衛が、一手《いって》指南《しなん》をしているようだ。

お竜は、そっと生垣の向こうから、その様子を窺い見た。

若い武士が江中仙之助であるのは言うまでもないが、お竜はまだ彼を知らない。

しかし、なかなかに遣《つか》う剣士であるのは、一目見てわかった。

二人は互いに籠手《こて》と胴だけを身に着け、立合っていた。

いや、立合っているというよりも、仙之助が遣う剣の型を、立合の形式で試しているのであろう。

仙之助が技を繰り出す。

それを佐兵衛が巧みにかわす。

そうして、技の意を確かめる、佐兵衛独自の稽古である。

この家で佐兵衛から指南を受けた折は、己《おの》が技の拙《つたな》さに、お竜は随分と歯嚙みしたものだ。

主《おも》に小太刀の稽古であったが、教えられるうちに、型の意を知り、ある瞬間に、無念さが解き放たれて、暗闇から花園に出たような心地になったのを覚えている。

仙之助は適確に、技を佐兵衛に打ち込んでいた。

お竜の目から見て感心させられたのは、己が技が佐兵衛には通じぬと思い知らされる度に、彼の表情が華やぐことであった。

仙之助は、明らかに自分より強い者がいて、その相手から剣を教わる幸せを嚙み締めている。

その境地に達するのは、生半《なまなか》ではない。

剣に身を捧げる者のみが覚える悦びを、この若い武士は知っている。

「えいッ！」

やがて遠い間合から仙之助が打ち込み、佐兵衛はこれを籠手に受けてやり、

「うむ、よろしい……」

と、ひとつ技の精度を確かめて、立合を終えた。

お竜は声をかける間合を計っていたが、

「お竜、来てくれたか」

既《すで》に佐兵衛は、お竜のおとないに気付いていて、目で傍へ来るように促すと、

「これは、某の弟子でござってな……」

と、仙之助に告げた。

仙之助は、紹介された弟子が艶《あで》やかな町の女であることに、いささか驚いたようだが、佐兵衛は真顔である。

「お竜殿……。江中仙之助と申します」

丁重な挨拶をした。

いきなり弟子と言われて、お竜もまた驚いて、

「竜にございます。弟子というほどのものではございません。時折、先生のお宅で下働きをさせていただいております……」

しどろもどろに応えたが、師の一言は、お竜にとっては嬉しかった。

帰るなら帰ると、便りをくれてもよいではないかという不満など、既に跡形もなくなっていた。

仙之助は、お竜の物言いに親しみを覚えたようで、

「そのうち機会があれば、某に稽古をつけてくだされい」

笑顔で告げると、佐兵衛に恭しく礼をして浪宅を辞した。

「先生、この旅でお知り合いになられたのですか？」

お竜が訊ねると、佐兵衛は照れくさそうに頬笑んで、

「うむ、旅の終りの終りに知り合《お》うたというところかのう」

昨日からの経緯を伝えた。

武芸談義に華が咲き——、といってもほとんど仙之助の剣への想いを聞かされたのだが、その流れで佐兵衛は一手指南を乞われ、応えてやったところ、仙之助

は大いに感じ入って、

「明日もお願いできませぬか……」

と懇願したので、今の稽古となったという。

「左様でございましたか……」

お竜の表情にも笑みが浮かんだ。

自分がこの浪宅に初めて来た時は、雨が降りしきる川端で血を流し倒れていたところを佐兵衛に助けられて運び込まれたものだ。

それを思うと、真に頬笑ましい。

元よりやさしい男であるが、武芸者としての謹厳さが目立ち、なかなかにこういう人のよさが表面に出ぬ佐兵衛であった。

そこをお竜に覗き見られたようで、佐兵衛は気恥ずかしい。

いつもの厳《おごそ》かな表情に戻って、

「主名は明かさぬが、まだ江戸に参って日が浅く、稽古をつけてくれる相手がおらぬようじゃな」

と言った。

佐兵衛が見たところでは、江中仙之助は何れかの大名家に仕える者で、剣術の腕を称され先頃出府《しゅっぷ》した。

そして、御家の剣術指南役を周囲から嘱望《しょくぼう》されているのであろう。

しかし、仙之助自身は、

「まだわたしには、それほどの術が身に付いてはおりませぬ。修行中の身が人に指南をするなど、畏れ多いことにござりまする」

と思っている。

彼はまだ二十半ばである。

腕に覚えはあるが、今の己が実力で御家の武芸の頂《いただき》に立つというのは、余りにも荷が重いと悩んでいるらしい。

「江戸は広うございます。方々に名だたる道場もあるではございませんか」

そこで稽古を積めばよいではないかと、お竜は首を傾げたが、

「それが難しいところでのう」

勝手に江戸の道場に通うことは、重役達から許されていないのであろうと、佐兵衛は溜息をついた。

「なぜ、でございますか？」

「体裁を繕うためじゃよ」

御家の指南役ともなれば、年齢にかかわらず、誰よりも秀《すぐ》れていなければならない。

たとえ江戸の名だたる道場とはいえ、指南役が頭を下げて教えを乞《こ》うようでは、

御家の恥となる。

重役達はそのように考えているのに違いないと、佐兵衛は仙之助の言葉の端々

から察したのだ。

諸国を巡ると、大名家の見栄や体裁を取り繕う様子が方々で見られる。

「まあそれで、ここでおれと稽古をするのであれば、御家にも内緒にしておける。

まだ江戸に来たばかりゆえ、方々巡ってみたいと申し出て、許されてのことであ

ろう」

それなりの身分となれば、供の一人や二人は連れ歩かねば、これもまた体裁が

悪いが、

「わたしは武芸者、剣士として生きておりますれば、供連れなど不要にございりま

する」

などと言って一人歩きしていたのか、供の者を従えて屋敷を出た後、

「お前達も遊んでくればよい」

と、小遣いを与えて、後でどこかで落ち合う段取りをつけていたのか、とにかく一人で忍び歩きをして、

「この御仁ならば……」

という剣客を見つけて、目立たぬように稽古をつけてもらおうと考えた――。

「まずそんなところであろう」

「宮仕えというのは、大変でございますねぇ」

「うむ。おれは今の暮らしが何よりだと思うておる」

「江中様にとっては、先生のお蔭でこの上もなくよいお稽古となったようですね」

「いや、おれにとってもよい稽古となった。お竜、久しぶりに小太刀の稽古と参ろうか」

「ありがとうございます！」

お竜の気合が充実した。

〝地獄への案内人〟には、負けが許されない。

絶えず爪を研ぎ牙を磨いていなければいけないのだ。

自分を弟子だと紹介した、佐兵衛の想いに応えるためにも、ますます鍛えねばならない。

このところは、大して手応えのない悪人を地獄へ送り、幸せの意味を少しずつ知り始めたお竜には、師による厳しい稽古が必要であった。

㈢

北条佐兵衛の浪宅で、しばし猛稽古に励んだお竜であったが、そもそもこの日は、隠居の文左衛門から、

「北条先生が帰っておられるとか。お竜さん、一度、井出《いで》先生を交じえて、四人で慰労の宴を開きたいと思っておりました。先生をお連れしてくれませんかな」

と、頼まれていた。

どうせ師は長い稽古を嫌う。

一刻《いっとき》ばかり気合を入れて、小太刀の稽古に精を出すと、お竜は文左衛門の意を伝え、それから浪宅を手早く掃除して、自らは井戸端で汗を拭い、佐兵衛の供をして、宴席へと向かった。

あまり人の招きには応じぬ佐兵衛であるが、浪宅の地主であり、かつて不意討ちに遭い六人相手に戦い、深傷《ふかで》を負い動けなくなったところを助けてくれた文左衛門の誘いだけは、どんな時でも拒まなかった。

拒まないのをわかっているだけに、文左衛門もまた節度をもって誘うので、二人は良好な交誼を続けている。

今戸《いまど》で舟を仕立て、お竜は佐兵衛と江戸橋の船宿〝ゆあさ〟へ向かった。

敬慕する佐兵衛との舟路。ほんの束の間ではあるが、お竜の心は浮き立った。

いつも言葉足らずで、このような時も、ゆったりと周りに広がる景色を眺めるばかりの佐兵衛である。

それでも長年修行を積んできたその顔には、常人には見られぬ、喜怒哀楽が見事に調和した滋味が浮かんでいる。

物言わずとも、お竜はその顔をそっと眺めているだけで、えも言われぬ悦びを覚えるのである。

ところが、この日の佐兵衛は、いつものように舟から見る景色を愛《め》でながら、

「江戸に帰るところがあり、弟子がいて、しみじみと語り合える知己がいる……。おれは武芸者としては、随分と恵まれている」

などと、ほのぼのとした言葉を口にした。

そして、〝ゆあさ〟に着き、文左衛門の歓待を受けると、

「いつも忝《かたじけな》し」

にこやかに謝し、

「御隠居と知り合うてから、もう随分となるが、某の昔話はほとんどしたことがなかったような……」

まずそう言って、はにかんでみせた。

「先生のようなお方に昔話を乞う、などはいささか畏れ多いことと思いましてねえ」

文左衛門は、昔の佐兵衛については、長い付合いの中で自《おの》ずと知れていくものだと考えていたのだが、

「そろそろ、そういうお話も伺《うかご》うてみたいと思い始めておりました」

嬉しそうな表情となって、佐兵衛に酒を注《つ》いだ。

佐兵衛がこれを飲み干すと、続いて井出勝之助《かつのすけ》が、さらに注ぎに行き、

「北条先生の昔話の御相伴《おしょうばん》に与《あずか》るとは、恐悦至極にござりまするな」

恭しく頭を下げてみせた。

「いや、これまでは武芸の師範などと呼ばれるようになった身が、昔話をするのは、何やら自慢気で、憚《はばか》られると思うていたが、修行中に出合《でお》うたこと、その時に心に残ったことなどを語り継いでいくのも、我が務めではないか。近頃そのように思いましてのう。気が置けぬ方々には時に語ってもよいかと……」

「気が置けぬ者の一人に選んでくだされたと聞けば、尚《なお》嬉しゅうございまする」

勝之助は、高らかに笑った。

お竜は、しっかりと相槌を打った。

「さて、今日は、その内の何をお聞かせいただけるのでしょうな」

文左衛門は、身を乗り出すようにして、佐兵衛を見た。

あれもこれも聞くことはない。

この先、盃を交わす度に、どのような思い出でも好いから、佐兵衛の昔話をひとつ聞けたらそれでよいのだ。

佐兵衛はひとつ頷《うなず》くと虚空を見つめ、

「今日はどういうわけだか、ここへ来る舟の上で、ふと、ある光景を思い出しましてのう」

嚙み締めるように語り始めた。

それは、佐兵衛が十四歳の時であったと思われる。

その時は、剣の師・津田半左衛門《つだはんざえもん》について、初めて廻国修行に出た。

半左衛門は、新陰流《しんかげ》の遣い手で、代々、伊勢、伊賀の太守・藤堂《とうどう》家の剣術指南を務める津田家縁《ゆかり》の剣豪であった。

子供の頃から、佐兵衛は半左衛門に目をかけられていたので、

「廻国修行がいかなるものか、早くから知っておいた方がよいだろう」

と、旅に付き添ったのだ。

まだ子供のあどけなさが残る佐兵衛は、師の供とはいえ旅が珍しく、しばらくは夢心地であった。

師の半左衛門は、やさしく穏やかな人であった。道中、佐兵衛に稽古をつけてくれたり、旅の空の下で楽しむ、花鳥風月がいかなるものか、教えてくれたりもした。

そんな旅で、佐兵衛は衝撃的な一瞬を見ることになる。

野花が咲き誇る春の道を、うっとりとして行くと、半左衛門がふと立ち止まった。

遠く、野に立って対峙している二人の武士を認めたのだ。

二人は同じくらいの背恰好で、向かって右の武士は怒ったような表情。左の武士は、穏やかでどこか剽《ひょう》げた様子に見えた。

左の武士が何かを語りかけ、右の武士は強く頭《かぶり》を振っている。

師・半左衛門は、しばし二人の武士の姿を見つめた後、佐兵衛を見て大きく頷いた。

よく見ておけ——。

師の目はそう告げていた。

佐兵衛は畏まってみせた。

彼には二人の武士が、これから果し合いを始めんとしているのがわかった。

半左衛門に気付いた二人は、軽く会釈した。

半左衛門はその場でひとつ頭を下げた。

止めはいたさぬゆえ、存分に立合われよ。師は暗黙のうちに己が意思を表したのだ。

互いに武芸者ゆえに、引くに引かれぬ武門の意地があるのであろう。

止めたとて恨まれるだけだと心得ていた。

しかし、縁があって遭遇したゆえ、しっかりと見届けさせていただこうと、半左衛門は佐兵衛を傍へ寄せ、二人で並んで果し合いを遠く観戦した。

佐兵衛は、人が斬り合うのを初めて見た。

春に咲く、黄色い野花が一面に広がる長閑《のどか》な風景の中に立つ二人の武士。

佐兵衛の目に、それは美しく荘厳に映った。

激情に心は沸き立ち、その一方でこの場から逃げ出したい恐怖をも覚えた。

この時見た光景と心の動揺は、終生忘れられぬであろうと、まだ少年の佐兵衛は思ったものだ。

やがて二人の武士は、刀の下緒《さげお》で襷《たすき》を十字に綾なし、袴の股立《ももだ》ちを取ると、静かに抜刀して、じりじりと間合を詰めた。

佐兵衛にはすべての刻《とき》が止まったような気がした。

「えいッ!」

「やあッ!」

そして裂帛《れっぱく》の気合諸共《もろとも》に、二人は三合《さんごう》刀を交じえたかと思うと、右の武士が崩れ落ちた。

左の武士は、駆け寄ると、その場に刀を置いて、何やら話しかけた。

右の武士は、一声発した後、動かぬようになった。

半左衛門は、佐兵衛を促し、深々と一礼をすると、そのまま歩き出した。

「立派な立合を見たのう」

師はぽつりと言った。

二人の武士の果し合いは、正々堂々たるもので、勝者は敗者を慮《おもんぱか》り、勝負を終えた。

もしも、卑怯な仕儀があれば、半左衛門は割って入るつもりであったのだろう。

「以来、某は何度も果し合いの場に出合うたし、自らも勝負に臨んだ。だが、あの時見た果し合いほど美しいものはなかったように思える……。まだ元服をすませたばかりの頃で、それだけ強く心に残ったゆえにそう思うたのかもしれませぬがのう」

佐兵衛は一通り思い出を語ると、目を閉じて思い入れをした。

お竜は、文左衛門、勝之助と共に神々しいものを見るようにして、じっと耳を傾けていた。

やがて勝之助が神妙に頷くと、

「いえ、先生は今その果し合いを御覧になっても、何よりも美しいと思われるかと存じまする。初めて見た果し合いがそうであった……。これも先生が生まれながらに持たれた、武芸者としての宿命《さだめ》なのではござりますまいか」

佐兵衛を真っ直ぐに見て言った。

「はて、そうだとすれば、某は幸運なのか否か……」

佐兵衛はふっと笑ってみせた。

「いや、方々《かたがた》にとっては、取るに足りぬ話でござったな。今日は、どういうわけかあの時のことが思い出されて、柄にもなく長々と話してしまいました……」

「とんでもないことでございます。いつもは言葉足らずの北条先生から、このようなお話が聞けるとは、真に嬉しゅうございました」

「御隠居がそのように思うてくださるのなら何よりじゃ」

「先生……」

「はい……」

「先生のお話は、蘊蓄《うんちく》があって、何やら心に沁《し》みまする。これからもまた、色々なお話を聞きとうございます」

「話せば話すほど、北条佐兵衛に味わいが生まれ、幸せの香が立ちこめる。御隠居はそう申されるのじゃな」

「ははは、お見事! 確かに、そのようなことを考えておりました。さすが、達人は相手の心などお見通しというわけで」

「大したことではござらぬ。それだけ、御隠居が某に心を開いてくださるゆえ。文左衛門殿の心の奥行は、はかり知れぬものでござるよ」

しみじみとした口調の佐兵衛の表情に、青年の輝きが浮かんだ。

これも文左衛門の為《な》せる術《わざ》であろう。

この二人のやり取りを、ずっと聞いていたい――。

お竜と勝之助は、そのような想いで両達人に、しばし酒を注いだ。

佐兵衛は、どういうわけかあの時のことが思い出されたと言ったが、お竜にはわかる。

江中仙之助という若き剣士が、佐兵衛の心の中にあって、長年閉ざされていた思い出の蔵のひとつを開いたのに違いない。

――この縁《えにし》には何か続きがある。

お竜は、それをやがて知ることが、楽しみでもあり、不穏な気にもさせられるのであった。

(四)

奥州にて五万石を領する舟形《ふながた》家の当主・伊予守《いよのかみ》は、何ごとも〝ほどほど〟にこなす大名であった。

文武共に一通りはこなし、民政においても一通り書類には目を通し、時には領内を自ら巡廻し、領民からは慕われている。

とはいえ、特に家来達に大きな指図をするわけではなく、大抵の場合は、

「あとは、よきにはからえ」

と、任せてしまう。

実務を司《つかさど》る家来達にとっては、真にやり易い殿様であるといえる。

この四月に参勤で出府をしてからは、妻妾子供達との一時を大事にし、習いごと、書見、武芸の稽古など真面目にこなしていた。

特に傑出した才はないのだが、伊予守はこの中でも、何よりも剣術の稽古に力を入れていた。

まだ三十になったばかりの殿様は、体を動かしていると、江戸屋敷での閉ざさ

れた暮らしに活力が湧くと考えているのだ。

ゆえに、剣の理《ことわり》を長々と説く落ち着いた師範は好まず、自らが範を示し、一緒になって動き、汗を流してくれる指南役を望んだ。

師弟というよりも、共に剣術に励む同志のような間柄でいたいのだ。

見ようによっては、苦労知らずの殿様が、いかにも考えそうなことだといえるが、いざ稽古を始めると、

「まだまだじゃ！　もっと厳しい稽古をつけてくれ」

伊予守は、ふらふらになるまで自らを追い込み、甘えるところがない。

そういうところには感心させられるのだが、伊予守好みの稽古はなかなかに大変であり、これといった指南役は見つからず、

「どうも手応えがない」

と、殿様の不平は日々募っていた。

ところが、この度の出府に当っては、適任者が見つかり、伊予守はその者を用《よう》人《にん》格に取り立て、連れてきていた。

歳は二十五で、太刀筋も美しく、あり余る体力の持ち主で、昨年九月に国表《くにおもて》においてて、大いに名を上げ、彼は俄《にわか》に伊予守に認められるまでになったのだ。

「剣術に歳などは、どうでもよい。余が思う稽古ができる者を、行く行くは指南役とするまでのことじゃ」

日頃は穏やかで、ほとんど主張をしない伊予守にしては、異例のことであった。

その若き家中の剣士こそが、江中仙之助であった。

この日も朝から伊予守に稽古をつけ、主君にたっぷりと汗をかかせると、

「本日もまた、実りのある稽古ができましてござりまする」

涼しい顔で畏まり、御前から下がった。

「うむ、一段とよい。仙之助と稽古をいたさねば、一日が始まらぬのう」

そして、伊予守の機嫌も上々であった。

反対に、御長屋へ戻り、汗を拭い、衣服を改める仙之助の表情は、どうも冴えなかった。

——果して実りのある稽古であったと言えるであろうか。

その不安がつきまとうのである。

しかし、今日は江戸へ来たばかりの頃よりは、いささか気分が晴れていた。

町で引き寄せられるように遭遇した、北条佐兵衛なる武芸者に、今の自分が置かれている立場をそれとなく伝え、稽古をつけてもらったことで、己が剣に幅が

生まれた心地がしていたからだ。とはいえ、二度ばかり稽古をつけてもらったぐらいでは、今後とも自分の剣は上達すまい。

──北条先生をまた訪ねてみたいが、それもなるまい。

仙之助は再び、暗澹《あんたん》たる想いに囚《とら》われていく──。

「これは先生、御機嫌はいかがでござるかな」

そこへ、側用人《そばようにん》の茅野《かやの》陽介《ようすけ》が訪ねてきて、にこやかに声をかけた。

歳は三十過ぎで、何ごとにも如才がなく、伊予守の信を得ている。

この度の伊予守の出府に際しては、仙之助と共に随従していた。江戸留守居役《るすいやく》の茅野九兵衛《くへえ》は叔父で、茅野の一族は舟形家においては隠然たる勢力を築いている。

仙之助の養父・江中光斎《こうさい》は、下野《しもつけ》・宇都宮の人で、代々の武芸者であったのだが、三冨《みとみ》流剣術の腕を買われて、舟形家の剣術指南役の一人として召し抱えられた。

光斎の腕を見込んで、先代の伊予守に推したのが、大目付を務めていた茅野陽介の父であった。

茅野家と光斎の繫がりは深く、養子であった仙之助は、光斎の薫陶を受けて武芸に勝《すぐ》れ、番士として出仕するのだが、それも茅野家の推しがあってのことであった。

光斎は舟形侯からの覚えが目出たかったのだが、五年前に病に倒れ帰らぬ人となった。

それによって御家の剣術指南役は、新陰流の老師範一人となった。

茅野家としては、主君の側近くにいる指南役には、自分達の息がかかった者を置いておきたかったのだが、仙之助はまだ二十歳であり、その成長が待たれた。

ところが、光斎が死して三年後に、先代・伊予守が没し、当代になってからは、茅野家に追い風が吹いた。

現当主は、老境に達した新陰流師範の教授に馴染《なじ》まず、家中の若い剣士との稽古を望んだ。

そして、養父の死後は、腕の立つ剣士達に交じってひたすら稽古を重ね成長著しい仙之助が、度々稽古相手に望まれた。

茅野家は、仙之助がいかに将来有望な剣士かを、ことあるごとに伊予守に吹き込み、遂にこの度の出府において、伊予守は仙之助を随身《ずいじん》させ、用人格として側近くに置いたのだ。

誰の目からも、江中仙之助は、この出府一年の間に、正式な舟形家剣術指南役として、当主・伊予守の寵《ちょう》を受けることになると思われていた。

そのきっかけになる、ちょっとした出来ごとが、国表の武芸場で起こったのだが、それが仙之助の心の内をかき乱していたのである。

ともかく、茅野陽介は仙之助の後見を気取り、何かというと、

「先生……」

と、親しげに声をかけてくる。

「先生、などと呼ばれると、気恥ずかしゅうございまする。何卒《なにとぞ》、御容赦のほどを」

仙之助は、丁重に応えたが、

「おれはそなたの兄のようなものじゃ。そのような畏まった物言いは止《や》めてくれ。そなたも、今では用人格、百五十石取りで、もう立派な先生じゃよ」

陽介は、身内のような口を利いてくる。

「時に、江戸の暮らしには馴れたかのう」

「いえ、やっと御屋敷の様子がわかったくらいでございまする」

「左様か。まず馴れずとも、上屋敷、中屋敷、下屋敷……。それがどこにあるかくらいわかればよい」

「まだまだ江戸の町には不案内でございまするゆえ、殿の剣術の稽古がすんだ後は、また外出《そとで》をお許し願いとう存じまする」

「うむ。まあそれはよいが、舟形家の剣術指南役になろうという、三冨流・江中仙之助――。くれぐれもその名を貶《おとし》めることのないようにな」

陽介はいつもの言葉を口にした。

舟形家の当主が、これと見込んで稽古をつけてもらっている剣士が、江戸の町道場で教えを乞うなどあってはならないことなのだと言うのだ。

「仰せの意はよくわかりますが、わたしの剣は、まだまだ指南役と呼べるような域に達してはおりませぬ」

「心細いゆえ、どこぞの師範に一手教えを乞うてみたい。わからぬことでもないが、そのように己《おの》れを卑下するでない。江中仙之助の剣は、もう既に剣術指南役に相応《ふさわ》しいだけの高みに達しておる」

「さりながら、わたしには、やがて果さねばならぬことがございまする」

仙之助は声を潜めた。

「果さねばならぬこと？　ははは、なるほどそれを案じておるのか。あのことならば気にせずともよい。当家としては、表立っていたすつもりはない」

「いや、しかし……」

「そなたが後れを取るはずもない。あのような馬鹿げたことのために、おのれの剣をあれこれ試すなど、ただただ無駄なことよ。そなたには、茅野の一族がついておるのじゃ。悪いようにはいたさぬゆえ、どんと構えていればよいのじゃ。わかったな」

にこやかに肩を叩かれて、

「畏まってござる……」

仙之助は、頭を下げるしかなかった。

「御屋敷の内に籠《こも》っているのも気詰まりじゃ。願い出ればいつでも江戸見物に出られるよう、御留守居役には話を通しておくゆえ、自儘《じまま》にいたせばよい」

「忝うございまする」

「何か困ったことがあれば、いつでも言ってくれ」

陽介は、満面に笑みを湛《たた》えると、用部屋へ戻っていった。

仙之助は溜息をついた。

自分のことは兄と思えと言って、何かにつけて構ってくる陽介であるが、とどのつまりは、仙之助の様子を見張りに来ているのだ。

今や、主君・舟形伊予守お気に入りの家来となった仙之助を、手の内にしっかりと握っておきたいゆえの方便なのだ。

確かに、父・光斎を引き立ててくれたのも、自分が用人格となれたのも、茅野のお蔭である。

だが、彼らは一族の繁栄のために、仙之助の剣を利用しているに過ぎない。

いかに自分に権勢を引き寄せるか。

それが政《まつりごと》に携わる者の意気地であるのはわかる。

舟形家にあって要職を代々務めてきた茅野の一族にとっては、己《おの》が陣営に剣術指南役を押さえておくのは、何よりも大事なのだ。

それでも、彼らが武士として代々重んじてきた剣の心がなおざりになっているのは、仙之助にはどうも納得がいかない。

剣の高みなど、誰にも計れるものではないはずだ。

頂を目指し、そこに辿り着けぬまま、生涯を終えていくのが、武芸者、剣客である。

仙之助は、養父・光斎からそのように教えを受けてきた。

彼は、光斎の縁者の子であったが、生まれてすぐに二親《ふたおや》を亡くし、光斎が我が子として育てたとされていた。

しかし、光斎は死に際して、仙之助の出生の秘密を明かした。

彼は、光斎が開いていた宇都宮の剣術道場の木戸門の前に、蜻蛉《とんぼ》柄の着物にくるまれて捨てられていたのだ。

添えられた御守袋に、〝仙之助〟という名札が入っていた。

刀にさしそえる小柄《こづか》が共に添えられていたゆえ、武士の子であろう。

「貴方に育てていただきとうござる。名だけは仙之助としてくだされたく存ずる」

そのように願われたのだと、光斎は解釈したという。

長年武芸者として生きてきて、あらゆる剣士が儲《もう》けた男子を見たが、仙之助の顔付きや体から醸《かも》される品性は、その誰よりも引き付けられるものがあった。

立合、果し合いで、人の命を奪ったこともあったが、育てる子とてない身である。

この子を育てあげ、己が剣を伝えていこう。

「仙之助は天から授かったと、思うたのじゃよ」

光斎はそう言い置いて永眠した。

色々と話しておきたいこともあったのであろうが、これまで育ててくれた養父の自分への慈愛は、共に過ごした年月によって、心と体に刻まれている。

「仙之助は、父上の子でございます。捨てられていたとて、天から下されたとて、わたしは江中光斎の子として、この先も生きて行く。ただそれだけのことにござりまする」

そして自分は幸せであったと、仙之助は深く感謝をして、父の剣を受け継ぎ、頂を目指さんと誓ったのだ。

仙之助にとっての剣は、今や殿様の玩具のようにされている気がする。

若くして指南役になることの重圧。

それ以上に仙之助は、昨年、国表の武芸場で約した〝あのこと〟を果さねばならなかった。

茅野陽介は、

「あのことならば気にせずともよい……」

などと、まるで気にもかけていないように言うが、仙之助にとっては、剣士としての意地や名誉に関わる重大事であった。

それを陽介は、

「当家としては、表立っていたすつもりはない」

とまで言った。

彼にとっては、御家を取り仕切っていく上でのひとつの出来ごとであり、容易《たやす》く処理してしまうつもりでいるのであろうか。

仙之助は思い詰めていた。

陽介には大したことではないものの、大事な次期指南役が、主君・伊予守の前で不満を漏らしてもいけない。

仙之助の動きを制御しつつ、息抜きをさせてやらねばならないと考え、自儘に外出をすればよいと認めてくれたのは幸いであった。

〝あのこと〟については、相談出来る相手がいない今、仙之助の頭の中には、

――北条先生ならば。

という想いが駆け巡っていたのである。

(五)

武術でも、歌舞音曲《かぶおんぎょく》の道でも、師の存在は絶大なものだ。

江中仙之助にとって、父であり武芸の師であった光斎の早過ぎる死は、余りにも大きな痛手であった。

まだ若かったゆえに、この五年はただただ光斎の教えを胸に稽古に励んできた。体を動かし、血と汗を流せば、剣に迷いはなかった。

だが、時の流れは否応なく、仙之助一人を大きな舞台の真ん中に押しやって、誰もが見物をする方に廻ってしまった。

振り向いたとて、後見を勤め、何かの折には手を差し伸べてくれる者はいない。

上に立つ者は孤独なものだと教えられてきたが、二十五にしてただひとり大舞台に立つ身は辛過ぎる。

「ちと、江戸の風に当って参りまする」

仙之助は、努めてにこやかに支配へ申し出た。

留守居役の茅野九兵衛は、自らが仙之助の応対に当り、

「陽介から聞いている。あれこれ気苦労も多いようじゃ。たまには羽を伸ばしてくるがよろしかろう。門番には伝えておくゆえにのう」

ニヤリと笑って、一両ばかりの金子《きんす》を懐紙に包んで差し出してくれた。

出府したばかりの頃に、九兵衛は陽介と共に、仙之助歓迎の宴を、池之端の料理茶屋で開いてくれた。

留守居役という立場上、出入りの商人からの付け届けも多く、九兵衛は諸事世慣れている。

「陽介はそなたの兄を気取っているようじゃが、さすればこの九兵衛は、さしずめそなたの叔父を気取るといたそう。わたしの名を出せばよいゆえ、またこの店で遊んでくればよい。何、屋敷の門限などはどうにでもなる。人の上に立つ者には、遊び心がのうてはならぬぞ」

などと言って、仙之助を手懐《てなず》けんとした。

先代の主君と、父・光斎が生きていた頃は仙之助にこのような甘言を囁《ささや》く者など一人もいなかった。

つまり、当代の殿様と、次代の指南役は軽く見られているということなのであろう。

仙之助とて養父を亡くし、それなりの苦労を強いられているゆえ、これくらいの分別はついている。

それゆえに、家中の有力者の中に取り込まれ、為すがままになっている自分がもどかしかった。

主君からの寵などは要らない。

自分は、養父から受け継がれた剣術をいかに大成させていくか、それこそが大事なのである。

しかし、叫び出したくとも、自分との稽古に力一杯臨んでくる伊予守の剣への想いは崇高なものである。

今は大人達の思惑に呑み込まれそうになりながらも、やがて自分が立派な剣術指南役になれば、誰にも邪魔されずに、己が剣の道を生きていけるはずだ。

その想いを胸に、今は茅野一族の後ろ盾を上手に使いこなせばよい。

「御留守居役におかれましては、いつもながらに御厚情を賜《たまわ》り、恐悦に存じまする」

仙之助は、ひとまず悦びを表して、上屋敷の外へ出ることを得た。

舟形家の江戸上屋敷は、下谷七軒町《したやしちけんちよう》にある。

そこから少し足を延ばせば、九兵衛の馴染《なじみ》である池之端仲町《なかちょう》の料理茶屋に着くのだが、仙之助が向かう先は、もちろんそこではなかった。

彼はほとんど駆けるように浅草寺《せんそうじ》の雑踏を抜け、奥山から田圃道へ出て、真崎稲荷社裏手へ向かった。

ここに、北条佐兵衛の浪宅があるのは言うまでもない。

——先生がおいでになればよいのだが。

仙之助は心に祈った。

まったく、連日のごとく押しかけるのも気が引けるのだが、

「厚かましい若造めが」

と思われてもよい。

その時は伏し拝んででも、御意《ぎょい》を得るつもりであった。

舟形家の指南役にならんとする者が、そんな卑屈な態度をとってよいものかと、茅野に知れたら叱責を受けるであろう。

だが、彼は訪ねずにはいられなかった。

佐兵衛の浪宅は、浅草の喧騒を逃がれて、ひっそりと建っている。

日頃は佐兵衛が一人で剣の極意、武芸のあり様《よう》を見つめて暮らしているゆえ、

佐兵衛が黙っていてさえくれたら、まず咎《とが》められることはあるまい。

過日訪ねた折は、そんな想いが頭を過《よぎ》ったが、今は何を知られ、どうお咎めを受けようが、

——自分には、北条先生からの教えが何よりも大事なのだ。

と、心から思えるのだ。

ここ数年、師であった父・光斎はこの世になく、今一人家中にいる新陰流の指南役は、既に一線から身を引き、閑職の武具奉行となっていた。

江戸へ来てから、この老師範に教えを請うことは、茅野一族が許さなかった。

それゆえ、仙之助は立派な師範の前へ出る瞬間を夢見ていた。

そして、北条佐兵衛に出会った。

これぞ、仙之助が夢に見た武芸者であった。

恐らく、父・光斎よりも武芸においては勝れているであろう。

指南役と目されている自分など足下にも及ばない。

あれほどの人が、どこにも仕官をせずに、己が信ずるところのままに、修行を続けているというのは、真に奇跡ではないかと思えてくる。

また、自分のような未熟者が指南役になることが、どれほど恥知らずなことか、

重く受け止めねばならない。

仙之助は、佐兵衛に何もかも打ち明けて、その上で今の自分に助言を与えてもらうことを何よりも望んでいた。

仙之助の胸の鼓動が高まった。

先だっては、千住大橋の袂で、不良浪人をあっという間に叩き伏せた佐兵衛を見かけ、あとを追って、この浪宅へやって来た。

先日追ったようにひそかに生垣の向こうから窺い見ようとしたのだが、佐兵衛の浪宅からは、勇ましい女の声が聞こえてきた。

——お竜殿だな。

先日、佐兵衛から引き合わされた女の弟子が、浪宅の裏手の庭に立って、佐兵衛から小太刀の稽古をつけられている。

仙之助は、その剣気漲《みなぎ》る組太刀に、思わず見惚れた。

お竜は、佐兵衛が江戸にいる間は、少しの間であっても、稽古をつけてもらいたいと、この日も昼下がりとなって、佐兵衛の浪宅を訪ねたものだ。

だが、滅多と人が訪ねて来ぬ浪宅での稽古ゆえ、佐兵衛とお竜は、自分達に注がれた視線にたちまち気付いて、何ごとかと仙之助を見た。

仙之助には、このような緊張も新鮮であった。

お竜にしてみれば、ここで師につけてもらう稽古は、秘密裏のものであっただけに、他人に見られると手を止めずにはいられず、仙之助の俄な登場がおもしろくなかった。

ここは剣術道場でも武芸場でもない。

北条佐兵衛個人の浪宅である。

佐兵衛には、お竜の他に以前旅をしていた頃に連れ歩いた、新井邦太郎《あらいくにたろう》という弟子が一人いるが、この浪宅で稽古をつけられた者はお竜しかいなかった。

佐兵衛からは、江中仙之助の事情は聞かされていたが、つい、その厳しい目が仙之助に注がれていた。

仙之助には、その目を見ただけで、お竜の想いが呑み込めた。そして、やはりこのお弟子は只者ではないと改めて思い知り、生垣越しに姿勢を正すと、

「これは稽古中にお邪魔をいたしまして、真に申し訳ございませぬ。何卒、ほんの一時でようござりまするゆえ、わたしの話を聞いていただけませぬか……」

許しを乞うた。

佐兵衛は、きっとまた仙之助が訪ねてくると、予想していて待ち構えていたよ

うだ。

「遠慮はいらぬ。ちょうど仙之助殿の話を聞きたいと思うていたところでござった」

そして、稽古の手を止め、温かく仙之助を迎えたものだ。

お竜は黙って師に従ったが、敬慕する師との一時を邪魔された感は拭えず、その表情は硬かった。

それでも、

「お竜、お前も共に聞くがよい。よろしゅうござるな」

と、佐兵衛が仙之助に念を押すと、たちまち顔が上気するのを覚えた。

思わず小娘のような態度が出たのが恥ずかしく、お竜は無言で頷いてみせた。

㈥

「話を聞いていただいたところで、ただ御迷惑かと存じまするが、わたしにはどのような心構えをもってかかればよいか、助言を授けてくれる相手が見当りませぬ。どのようなことでもようござりまするゆえ、北条先生から、一言ちょうだい致しとうございまする。何卒、何卒よしなに願いまする……」

それから佐兵衛は、お竜に茶の仕度をさせて、仙之助の話を共に聞いた。

「御内聞にしていただきとうございまするが、わたしは奥州・舟形家で用人を務めております。そして、やがては御家の剣術指南役にとのお声をいただき、随分と当惑しているのでございます」

仙之助は、舟形家の臣と打ち明けたが、茅野一族の思惑であるとか、自分の出生の秘密などには触れず、若くして人に指南をする身の辛さを吐露し、昨年国表で起きた〝あのこと〟について語り始めた。

昨年の九月。

国表の武芸場に一人の剣士が訪ねてきた。

舟形家の武芸場は城下にあり、町に逗留する浪人達も、腕を披露しに立ち寄ることが出来た。

その中で自分の腕を売り込む者が出てくれば、家中の腕自慢がその相手をするので、家来達の刺激にもなるし、武芸場の質も向上すると思われたのだ。

それによって、かつて舟形家の武芸は大いに盛り上がったのだが、時代と共に稽古に訪れる剣士は、ほとんどいなくなった。

己が腕を見せて、仕官の道に繫げようと思ったとて、どの大名家も財政が困窮していて、それどころではない。

浪々の身でこのような武芸場に一人で乗り込むのは、真に勇気がいる上に、家中の者達も他所者《よそもの》を入れると己が死活に関わるゆえ、次々に立合を望んで叩き伏せんとするので、よほどの腕がないと、まず出来ない。

そもそも、それくらいの腕がある者ならば、江戸の名だたる道場で稽古に励んだ方が目立つし、仕官への近道である。

危険を冒して、とどのつまりは仕官もならぬとなれば、まったく割に合わないと、腕自慢がこの武芸場に寄りつくことはまずなくなった。

時に他家の家中の者が、旅の中《ちゅう》に体が鈍《なま》ってもいけないと、訪ねてきたり、城下で苗字帯刀を許されている物好きが教えを乞いにくるに止《とど》まったのだ。

こういう連中が相手だと、己が身を脅やかされるわけでもないので、家中の腕自慢達も打って変わって、懇切丁寧に応じ、

「実によい稽古でござったな」

などと言って相手を持ち上げ、あわよくば謝礼にありつこうとするので、真に武芸場創設の頃の意義は、すっかりなくなってしまったといえる。

このような武芸の廃《すた》れを嘆いた先君が、江中光斎を召し抱え、梃入《てこい》れに当ったわけだが、光斎はよく、

「これならば、武芸場は御城内に設ければよろしゅうございましたな」

と、重役達に皮肉交じりに言っていたものである。

「ところが、その武芸場に、いきなり一人の旅の剣客が訪ねてきたのでござりまする」

剣客は、根岸惣蔵《ねぎしそうぞう》と名乗った。新当《しんとう》流を遣うと言う。

「修行の旅に出ている未熟者にござる。何卒方々《かたがた》におかれては、稽古をつけてくだされたく御願い申し上げまする」

惣蔵は、堂々たる口調で、家中の士との立合を望んだ。

近年、このような道場破りの勢いで現れた武士はおらず、武芸場にいた者達は、呆気に取られた。

とはいえ、断るわけにもいかず、

「しばしお待ちのほどを……」

一同は、ひとまず惣蔵を請《しょう》じ入れると、慌てて武芸場に腕の立つ家臣を集めにかかった。

仙之助は、主君・伊予守との朝稽古が終ったところで、一報を聞き、武芸場へと駆け付けた。

舟形家の武門の意地を見せねば、家中の士達も面目が立たず、減封《げんぽう》や召し放ちの憂き目を見るかもしれない。

凡庸ではあるが、武芸にはこだわりを持つ主君ゆえ、旅の武芸者に誰も歯が立たなかったとなれば、厳しい処分を受けかねないと、慌てふためいたのだ。

「かくなる上は、我らが次々と相手をして、根岸惣蔵なる者を疲れさせるゆえ、江中殿はひとまず控えていてくだされ」

そして、仙之助はそのように耳打ちされた。

何とも情けない話であるが、平穏無事が続いていた武芸場に、突如として風雲急が告げられたのであるから、それも無理はなかった。

根岸惣蔵なる者の名は聞いたことがないものの、そう言えば新当流の遣い手に、根岸某《なにがし》という剣客がいたはずであった。

となれば、その一族の者か、高弟で姓の名乗りを許された者になろう。

根岸惣蔵は、四十前であろうか。万事落ち着いていて、物腰も練達の士を思わせる風格がある。

若手がかかり疲れさせて、仙之助を始めとする腕自慢を当てるという策を立てたのは、武芸場の支配である茅野嘉門《かもん》であった。

彼もまた茅野一族の一人で、どうしても気圧《けお》されがちな家中の士達をまとめ、応対に当ったのであったが、他の家来達とは違い、胆を据えてその時を待つ仙之助に、

「頼みましたぞ」

と、頼り切っていた。

そうして、惣蔵は終始厳かな態度を崩さず、舟形家家中の士と立合ったのである。

(七)

立合は籠手、胴、額当《ひたいあて》着用の上、袋竹刀で行われた。

相手をまず疲れさせる――。

その戦法は、空《むな》しかった。

根岸惣蔵は、舟形家家中の士がいかに動き回ろうが、それに乗らず、畳半畳分

の立位置を崩さず、相手の打ちをかわすと、じりじりと間を詰め、

「えいッ！」

とばかりに面、小手、胴に技を決めていった。

ただの一太刀で打ち据えられる者もいて、五人が立合を終えた時、惣蔵は息ひとつ乱していなかったのである。

かくなる上は、数を恃《たの》むしかない。

「お願いいたす！」

「次は某が御相手仕る！」

次々にかかっていったものの、惣蔵はまるで表情を変えず、

「いざ！」

と、いちいちそれに応えて、勝利を重ねていった。

茅野嘉門は青ざめていた。

彼は茅野三兄弟の二番目で、側用人として主君の覚え目出たい陽介は甥《おい》である。

「今時、道場破りでもするつもりか。総出でかかればどうということもなかろう。戦《いくさ》は兵法よ」

惣蔵のおとないを報された時は、慌てる家中の士を叱りつけ、仙之助を連れて

こさせて、悠々と武芸場に臨んだのだが、泰平の世にあっても、剣術は自分達が知らないところで進化を遂げていたのだ。

新当流は、剣豪・塚原卜伝《つかはらぼくでん》によって開かれた剣術であるが、古流の中に洗練された術を惣蔵は身につけている。

「うむ……、だらしない奴共め……」

嘉門はぎりぎりと歯嚙みした。

数を恃みにするとはいえ、一人相手に一斉に打ちかかるわけにはいかない。

しかし、仙之助の顔は嘉門を尻目に、紅潮してきた。

久しぶりに強い相手を前にして、

——自分の術がどこまで通用するか、試すにはこれほどの機会はない。

と、気持ちが昂揚してきたのである。

立合は真剣勝負ではない。

勝ち負けを超えたところに、剣術の神髄が見えてくるのだ。

惣蔵が十人を抜いた時、

「江中仙之助でござりまする！　御相手願います！」

思わず名乗りをあげていた。

「これ……、まだ早い……」

嘉門は小声で制したが、十五ほども歳上の剣士を疲れさせ、若い自分がかかっていくのは、いかがなものかと思われた。

疲れた相手に立合を挑んでも、己が実力を知り得まい。

「これでは、当家の面目が立ちませぬ」

仙之助は、嘉門に小声で返し、堂々たる物腰で、惣蔵に対峙した。

「江中……、仙之助殿……」

惣蔵の表情に、初めて笑みがこぼれた。

これまで立合ってきた中で、やっと手応えのある剣士が現れた。

そのように思ったらしい。

「よしなに……」

惣蔵は、仙之助に敬意を払い、竹刀を交じえると、

「いざ！」

一層気合を入れて、じりじりと間を詰めたものだ。

その時のことを思い出すと、

「刻が止まったかのような心地がいたしました……」

仙之助は、顔をしかめた。

「構えただけで、相手の強さを覚えて、気圧されたのでござるな」

佐兵衛は、思い入れをした。

剣を修めた者ならば、誰にでも覚えがあるが、防具を着け、竹刀で立合っているというのに、一歩も入れない間合がある。

その空間は、魔界であり、見えない壁が出来ているのだ。

ままよと打ち込んでも、そういう間合を保つ相手には、まず竹刀がかすりもしない。

竹刀はいつしか、真剣に見えるのである。

仙之助は、体中に冷たい汗が噴き出してくるのを覚えた。

それでも、勇気を振り絞り、惣蔵の構えを崩さんとして、遠間《とおま》から面、小手を攻めた。

思い切りのよい鮮やかな技に、一同はどよめいた。

惣蔵は、初めて後退を余儀なくされて、体を反《そ》らしながら、これをかわしたが、守りにも余裕があり、

「それッ！」

と、下がりながらまたすぐに前へと打って出た。

仙之助はその一撃に対して下がらず、ぐっと前へ出た。

そして、鍔《つば》競《ぜ》り合いに持ち込むと、惣蔵をはね飛ばした。

惣蔵は、そのまま後ろに飛ばされたかと思ったが、僅《わず》かに体を捻《ひね》り、仙之助の勢いを殺した。

二人は互いに間合を切って、再び向かい合った。

仙之助は、己が剣に満足を覚えた。この後打ち負かされたとしても、それは勝負の運である。

ここまでの立合が出来た者は、自分一人であった。まずこれまでの精進は、間違っていなかったのだ。

自ずと笑みが浮かんできた。

その刹那、惣蔵の顔も綻《ほころ》んだ気がした。

すると、俄に惣蔵が構えを解いたかと思うと、

「江中仙之助殿、本日はこれまでといたそう」

立合の終りを告げた。

武芸場内はどよめいたが、茅野嘉門の表情には安堵《あんど》が浮かんでいた。

「いや、見事でござった……」

惣蔵は、仙之助を称えた。

仙之助は、緊張が解けて、太い息を吐きながら、

「はて、まだまだ勝負はこれからと存じまするが」

と、小首を傾げた。

あのまま立合が続いていれば、自分は惣蔵の巧みさに呑まれ、打ち込まれていたはずであった。

「確かにこれからでござる。某とて後れをとるつもりはござらぬ。だが、某の気力と体力は、十人を相手にして、十分とは言えませぬ。貴殿とは、己が力の限りをもって立合《たちお》うてみとうござる」

惣蔵は静かに言った。

「なるほど……」

仙之助はにこりと笑った。

命拾いした想いであったが、

「某も、御貴殿とは互いに力の限り立合うてみとうござる」

強がりではなく、そのような気持ちになっていた。

「それは重畳《ちょうじょう》。ならば一年の後、互いにさらに術を磨いた上で立合おうではござらぬか」

惣蔵は力強く言った。

その時、仙之助は翌年の四月に、主君に随身して江戸に行くことが決まっていて、

「ならば江戸にて」

と、応じた。

「承知いたした。一年の後、舟形様の上屋敷へお訪ねいたそう」

「忝し。委細はその折に……」

「この先一年、生きる喜びを得た想いにござる。それまで江中殿、御堅固に……」

「根岸殿も……」

一同が、ただ黙って見守る中、仙之助は惣蔵と誓約を交わし、惣蔵は粛々と領内から去っていった。

「うむ！　よくやった！」

嘉門は、仙之助が最後の砦《とりで》となり、武芸者の道場破りから御家の武門の意地を貫いたと、手放しで誉めた。

彼の肚《はら》の中には、江中仙之助が茅野の息のかかった家来であるという事実が、大きく横たわっていたのであろう。

仙之助の快挙をことさらに称え、主君・伊予守の耳にも入れた。

日頃から仙之助の武勇を認めて、稽古相手にしていた伊予守は、大いに喜んだ。

「最早《もはや》、仙之助を剣術指南役に据えてもよかろう。ひとまず来年の出府に同道させた後に、師弟の礼を取らねばならぬの」

と言って、仙之助を五十石加増の上、百五十石の用人格とした。

それからというもの、茅野一族の後ろ盾を得た仙之助の舟形家における地位は、飛躍的に向上した。

ありがたいことではあるが、自分はあくまでも一人の剣客として、御家に仕えたい。

家中の政争の具にはなりたくないというのが、仙之助の本音であった。

江戸の上屋敷では、武芸場を任され、主君の武芸指南に勤《いそ》しむ日々。

それに何の不平もないが、仙之助は根岸惣蔵と約した〝あのこと〟を果さねばならないのである。

しかし、そのような話は誰もが忘れてしまったかのように話題にしない。

互いに術を磨いて一年後に再び立合おうではないかと誓い合ったというのに、仙之助は茅野派の一人として、殿様の機嫌をとるだけの暮らしを送ってきたように思える。

家中では、根岸惣蔵は江中仙之助と立合い、その実力に驚嘆し、自ら仕合《しあい》を止めたのだと、いつの間にか話が出来あがっていた。

「一年後に訪ねる、などと言っているが、あの場から逃れる方便であろう」

「来たとしても、江中先生に勝てるものか」

などと、仙之助を過大に評するようになっていた。

これも茅野一族の描いた画《え》なのであろう。

いつしか仙之助は、彼らの権勢を築くための象徴のように扱われているのだ。

「根岸惣蔵殿との立合は、もうすぐに迫っておりまする。それなのにわたしは、ろくに稽古もできず、この一年、徒《いたず》らに刻を費してしまいました……」

仙之助は、佐兵衛とお竜の前で煩悶《はんもん》した。

「それゆえ、北条先生を町でお見かけした時に、この御方なら今のわたしの術を見極めて、何をすべきかお教えくださるのではないか……。そのためには、自分が置かれている事情をお話しいたさねばなるまいと、主家の外聞も憚《はばか》らず、申し上げた次第にござりまする」

佐兵衛は、目を閉じて思い入れをした後、

「なるほど、事情はようく呑み込めてござる。それはまた大変でござるな。お察し申し上げる」

力強く声をかけた。

「御家の事情については、某の与り知らぬことゆえ、何も申し上げることはないが、江中殿が思うに、根岸惣蔵殿は、きっと上屋敷へ訪ねてくると?」

「あの場から立ち去る方便であったとは思えませぬ」

「左様か。立合には勝たねばなりませぬな」

「勝つつもりでおります。さりながら勝負は時の運にも左右されます。敗れたとて悔いの残らぬ立合にしたいのです」

「よろしい。貴殿と出会《でお》うたのも、武芸が取り持つ縁と心得る。数日の間、ここへ参られるがよい。できますかな？」

「何としてでも参ります」

「ならば、某も智恵を絞りましょう。今日は屋敷へ戻り、ここで覚えた型を繰り返しなぞってみられよ」

「はい！　忝うございます！」

仙之助は、佐兵衛に思いの丈を打ち明け、心が晴れたらしい。沈痛な表情はたちまち希望に溢れ、彼は喜び勇んで佐兵衛の浪宅を出て、舟形家上屋敷へと帰っていった。

お竜は、心が洗われるような気分となった。

舟形家での出世と栄光に浮かれることなく、ひたすら根岸惣蔵との立合に思いを馳せる。

仙之助の姿を見ていると、一芸に打ち込むことの清々《すがすが》しさ、素晴らしさを改めて思い知らされたのである。

とはいえ、一方では舟形家の根岸惣蔵への想いが、まるで読めなかった。

「先生、御家としては、根岸様が訪ねてきたとしても、追い返したりはしませんでしょうか」

お竜は思わず、仙之助のこれからを気遣っていた。

「さて、それはわからぬのう……」

佐兵衛は、ふっと笑った。

「そのような約定《やくじょう》を交わした覚えはない。お引き取り願おう」

と、突っ撥ねたとて、舟形家としては何も気遣うことはないのだ。

国表と江戸表とは勝手も違うし、ここへ持ち込まれても困ると言えば、茅野家が今、何よりも大事にしている持ち駒である、江中仙之助に傷を付けられることもない。

しかし、根岸惣蔵を侮ると、それはそれで手痛いしっぺい返しを食らうかもしれない。

「まず、ここは江中仙之助の想いに、沿うてやるしかあるまい」

舟形家の考えなどは、こちらの知ったことではない。仙之助にさえ構ってやればよいのだと、佐兵衛はお竜を戒めた。

「仰しゃる通りにございます」

お竜は神妙に頷いた。

すると佐兵衛は、お竜をじっと見つめて、

「彼《か》の者が再び訪ねて来るまでの間、お竜、お前はずっとここにいよ……」

「ずっとここに……」

お竜は、目を見開いて首を傾げた。

佐兵衛は、今宵はこのままここに泊まっていけと言っているのであろうか。

お竜にとっては嬉しいことだが、佐兵衛の目は、女を慈しむものではなく、仙之助に向けていた武芸者としての鋭い輝きが、そのまま残っていたのである。

(八)

「お竜、明日、江中仙之助が訪ねて来たら、立合の極意を教授してやろうと思うている。数々の試練に堪え、驕《おご》ることなく剣の道を突き進む、彼の者の心意気に心打たれてのことじゃ。だが彼の者は、おれの弟子ではない。弟子でない者に稽古をつけるのなら、その前にしておかねばならぬことがある……」

「それはいったい……」

「数少ない弟子のお前に、北条一心流小太刀の皆伝印可《かいでんいんか》を与える」

「あたしに、皆伝印可を……」

北条佐兵衛が、江中仙之助が帰った後、お竜に告げたのはこのことであった。

武芸の縁に引き寄せられたとはいえ、仙之助に極意を教授するのは、弟子であるお竜より先であってはいけない。

佐兵衛はそのように考えたのだ。

「おれはお前を弟子だと言いながら、武芸者として向き合《お》うてこなんだ。お前は町の女ゆえ、武芸者として生きていかずともよい。ただ人を倒す技さえ身につけさせてやればよい。そう思うたのじゃ。だが、この度の諸国行脚で、おれはそれが間違いであったと気付いた。まず、武芸者に男も女もない。お前に地獄へ案内された者共は、皆、お前の技に屈したのだ。それだけの武芸を仕込みながら、思えば皆伝印可を与えなんだは、おれの誤りであった」

お竜は、思いもかけぬ言葉に、しどろもどろになった。

「あたしに、皆伝印可など無用のものにございます。先生から教えられた武芸の術が、この身に備っている……。それだけで幸せでございます」

「お前を武芸者といたさぬのが、お前にとって幸せかと考えたが、お前の小太刀の腕をもってすれば、いざという時に、道場を構えることもできる。仕立屋だけではなく、武芸の道でも生きてゆけるのだ」

「そんな……。あたしのような者が……」

「お前の小太刀に、まず皆伝印可を与える。行く行くは、北条一心流剣術、棒術、柔術の印可も与えよう。お前が受け継ぐ、武芸の数々こそが、北条佐兵衛が生きた証《あかし》となるのだ。おれはそれに気付いたのだ」

「先生……」

お竜は感激に身を震わせた。

涙は出なかった。

敬慕する師が、女であるからこそ武芸者として扱わず、自分をひたすら強くしてくれた。そしてその一方では、武芸者としての生き方もひとつ残そうとしてくれている。

江中仙之助に極意を授ける前に、お竜にまず皆伝印可を与える。これから師として弟子にその儀式を執り行わんというのだ。

自分は男でも女でもない、一人の武芸者として、厳かな面構えをもって、臨まねばならないのだ。

「お竜、これを持て……」

佐兵衛は、お竜に一尺三寸の脇差を手渡し、自らは腰に大小をたばさみ、板敷の広間で向かい合った。

お竜は両襷に、裾を上げ、浅葱色《あさぎいろ》の蹴出《けだ》しを見せ、素足で対する。

この姿でよいのだ。いざとなればこれで敵と戦わねばならないのであるから
――。

「参るぞ！」

佐兵衛はまず太刀を抜いた。お竜も脇差を抜く。

「えいッ！」

「やあッ！」

と、真剣での組太刀が始まった。

少しでも油断をすると怪我をする。

そのぎりぎりのところで互いに刃を揮うのだ。

師弟は生死を共にして一時立合う。

お竜には至極の幸せである。

佐兵衛の伝授は、夜を徹して行われた。

かつて自分を苛《さいな》んだ男達の幻影に襲われ、死んでしまいたいと思った時、佐兵衛は傍に寄り添い抱いてくれた。

お竜にとっては、あの日以来の忘れられぬ一夜となるであろう。

佐兵衛の得物《えもの》は太刀から脇差に変わり、さらに棒に変わり、そしてまた太刀となり、

「ええいッ！」

と、お竜に振り下ろされた。

「とうッ！」

お竜は見事にこれを脇差ですり上げ、剣先をぴたりと佐兵衛の喉へ向けた。

「よし……」

佐兵衛は納刀し、お竜もこれに倣い、伝授は終った。

既に夜は白み始めていた。

燭台のろうそくも、燃え尽きた。

「北条竜、そなたに北条一心流小太刀の皆伝印可を授ける……」

佐兵衛は一巻の免状を、お竜に手渡した。

——北条竜。

師によって、おしんという女はお竜として生まれ変わり、武芸者の名は、北条竜となった。

生まれて初めて覚える悦びが緊張を解きほぐし、堪え切れずに流した涙が美しい輝きを放ちながら、お竜の頬を伝わり落ちた。

四、巡り合い

(一)

「それはよろしゅうございましたな」

「これからは、先生と呼ばせてもらうわ」

隠居の文左衛門《ぶんざえもん》と井出勝之助《いでかつのすけ》が相好《そうごう》を崩した。

部屋の隅では、隠居の従者の安三《やすぞう》が、にこやかにその様子を眺めている。

武芸の師・北条佐兵衛《ほうじょうさへえ》から、北条一心流小太刀の皆伝印可《かいでんいんか》を与えられたお竜《りゅう》は、その日のうちに文左衛門を訪ねた。

「今のお前は、腕の好い仕立屋として、世の中の役に立っているゆえ、小太刀の免許を持っているなどと知れたらかえって人交じわりがしにくかろう。御隠居と、井出殿、安三殿だけに伝えておくがよい」

佐兵衛からそのように言われたのだ。

武芸者として、皆伝印可を与えられるのは名誉なことだ。

せめてその三人には祝ってもらうがよかろう――。

佐兵衛の気遣いに感謝し、祝ってくれる者がいるありがたさを嚙み締めつつ、お竜は文左衛門の隠宅《いんたく》を訪ねこれを報《しら》せ、四人でさっそく祝宴が始まったというわけだ。

近くのそば屋〝わか乃〟から料理を取り寄せてもよかったのだが、この店の主《あるじ》の丙三《へいぞう》は、文左衛門が材木商の主であった折の料理番で、頼めば、

「今日は、何のお祝いで……？」

などと訊ねてくるであろう。

お竜が小太刀の皆伝印可を受けた祝いとも言い辛く、安三が買いに走って酒と料理を用意してくれた。

そうしてお竜を気遣いつつ、文左衛門と勝之助は祝杯をあげてくれたのである。

「北条先生は、お弟子をとらないのが信条ですが、お竜さんのことは弟子と認めて、印可まで授けられた。これは大したものです。お竜さん、励んできた甲斐がありましたねえ」

文左衛門は、しみじみと言った。

勝之助はいちいち相槌を打つと、

「新井《あらい》殿も、そのうちに江戸へ戻って、北条一心流の道場を開けば、おもしろいことになりますなあ」

佐兵衛の今一人の弟子・新井邦太郎《くにたろう》に想いを馳せた。

新井邦太郎は、佐兵衛がまだ二十三歳の折、廻国修行中に出会い、勝手に弟子を名乗り付いて廻った武士である。

駿府の地で妻《めと》を娶り、ここで佐兵衛と別れたが、その後妻を亡くし零落した。

そしてやくざ者に忘れ形見の娘を質に取られ、危機に陥った。

佐兵衛はお竜と勝之助の力を借りてそれを助け、邦太郎は今、文左衛門の勧めで、箱根湯本の早川屋《はやかわや》平右衛門《へいえもん》の許へ、父娘で身を寄せている。

宿の雑用を手伝いつつ、辺りの揉めごとなども収める、頼りになる旦那として慕われ、北条一心流の稽古にも余念がないという。

文左衛門、勝之助、安三だけではなく、武芸によって兄弟子とも繋がっている。

小太刀の印可を受け、お竜はその想いを一層強くして、

――もう自分は一人ではないのだ。

という充足感に浸ることが出来た。

悪人退治に生き甲斐を覚え、修羅の道を行く自分は一人でなければならないと心に誓った日々は、遠い思い出になろうとしていたのである。

仲間達に祝福されて、お竜は師への恩を新たにした。

その北条佐兵衛は、今頃は浪宅で江中仙之助《えなかせんのすけ》に、武芸の心得を説き、悔いの残らぬ立合が出来るよう、稽古をつけているはずであった。

夜が白むまで、お竜に極意を伝授し、寝る間もなく仙之助を指南する佐兵衛の精神力と体力は、恐るべきものである。

文左衛門は、お竜と共に感じ入りながら、仙之助と根岸惣蔵《ねぎしそうぞう》との、一年越しの立合の行方が気になっていた。

あの日の約定《やくじょう》によると、惣蔵が舟形《ふながた》家上屋敷を訪ねるのは、九月十一日となる。

武家にとって、九月九日の重陽《ちょうよう》の節句は、盃に菊花を浮かべて酒を飲み、栗飯を炊いて祝う大事な一日である。

この日は、文武の師へ祝賀の挨拶に出向いたりして何かと忙しい。

その日を避けて、国表《くにおもて》の武芸場を訪れたのは、惣蔵の心得であろうが、約定の日は間近に迫っていた。

果《はた》して惣蔵は現れるのであろうか。現れたとして、舟形家の重役達は、立合の申し入れにすんなりと応えるのか、そこが気にかかるのだ。

それは勝之助も同じで、

「御隠居、その根岸惣蔵という剣客を、調べてみた方がよろしゅうござるな」

と、顎を撫でてみせた。

新当流《しんとう》の遣い手で、舟形家の剣士を立合で十人まで抜いて、仙之助と竹刀を交じえたというのであるから、相当の剣客であると思われる。

ところが、吉岡流の剣客でもある勝之助は、その名をまったく聞き及んでいなかった。

これは謎めいている。

もしも根岸惣蔵が、深い闇の部分を背負っていれば、一年越しの立合には、思いもかけぬ因縁《いんねん》があり、危険を孕《はら》んでいるかもしれない。

「まあ、この井出勝之助は、随分と剣術界からは遠ざかっておりますゆえ、根岸殿を知らぬのも無理はござらぬが……」

勝之助は顔をしかめてみせた。

お竜の皆伝印可を知り、剣客、武芸者としての郷愁に襲われたらしい。

文左衛門は、勝之助の感傷に、

「ははは、人の噂や評判は、自《おの》ずと耳に入ってくるものです。先生がご存知ないのにはそれなりの理由《わけ》があるのでしょう」

と、笑顔で応えた。

「なるほど。それなりの理由が……」

晴れがましいところへ出るのが嫌いで、これまで地道に諸国を巡って修行をしてきた。

または、ゆえあって剣術の表舞台から消えていて、再び剣の道に戻って、初めに訪ねたのが舟形家国表の武芸場であった。

根岸惣蔵の無名には、そのような理由が考えられるが、お竜から見てもやはり無気味さを覚える。

「まず隠居の徒然《つれづれ》に調べてみましょう。北条先生が関わり合いになられたことですから、こちらとしても気を付けねばなりません」

文左衛門の目に一瞬鋭い光が宿った。

お竜、勝之助にも、掛かりは用意するので、気になればすぐに調べてもらいたいと、その目が告げていた。

しかし、そこは文左衛門である。

「これはいけません！　今は、お竜さんのお祝いの場でした。こういう話は、また改めて……。お竜さん、重ねておめでとうございます！」

大仰《おおぎょう》に盃を掲げ、すぐにまた一座の様子を、晴れ晴れとさせたのであった。

「ありがとうございます……」

お竜は、皆伝印可の喜びを嚙み締めた。

敬慕する北条佐兵衛が、せっかく江戸へ戻ってきたというのに、行きずりの若い剣士に浪宅で稽古をつけ始めた。

どこか妬《ねた》ましい想いに捉われていたお竜であったが、師から授けられた一巻によって、自分は佐兵衛の武芸に終生名を刻まれるのである。

その事実がお竜の心を落ち着かせ、粛々《しゅくしゅく》と吹く秋風に五体をやさしく包まれる、そんな気持ちにさせていた。

㈡

北条佐兵衛は、お竜に小太刀の印可を与えた後、お竜が去ってからほどなく訪ねてきた江中仙之助に、約束通り稽古をつけていた。

この日は九月八日。

明日は重陽の節句ゆえ、上屋敷を出られない。

十日は、もしや根岸惣蔵のおとないが早まるかもしれぬゆえ、屋敷に詰めるつもりでいる仙之助であった。

となれば、根岸惣蔵との立合に備えて、北条佐兵衛に教えを乞《こ》うのは、この日が最後である。

この期《ご》に及んで、何を得られるものでもなかろうが、自分より技量に勝る練達《れんたつ》の士からの助言、指南は、何よりの武器となろう。

まずは心の持ち方を、仙之助は佐兵衛に問うた。

「心の持ち方か……」

佐兵衛はしばし黙考した後、

「果し合いに臨むわけでもござるまい。あれこれ考えずに、武芸に生きる者として、立合を楽しむことでござろう」

さらりと告げた。

「いかにも。一年の後に再び相見《あいまみ》えようというのは、立合い甲斐のある相手と巡り合えたゆえ。さらに稽古を重ね、実りある立合をしたいという想いが互いにあるはず。そして一年が経った。江中殿は、己《おの》が剣のあり方に思い悩みつつも、徒《いたず》らに時を費したわけでもござるまい」

「悩みつつも、稽古を積んで参りました」

「その成果が、確かめられるのでござる。これほど楽しいことはござるまい」

「はい……」

命のやり取りをするわけではないのなら、おもしろ尽くで臨めるではないかと、佐兵衛は言うのだ。

「確かに先生の仰《おっ》しゃる通りかと存じまするが……」

「江中殿は、御家の剣を背負うている。楽しむなど、とてもそのような気にはなれぬと？」

仙之助は、心中を言い当てられ、畏《かしこ》まってみせた。

「楽しむ余裕がないのなら、ただひたすらに、己《おのれ》の心の思うままに立合えばよろしい。武士は主君への忠義が大事ではあるが、武芸の道はたとえ師弟の間であっても、立合わねばならぬこともある。則《すなわ》ち、己の思うところに従い立合うてこそ、真《まこと》の武芸者といえるのではござるまいか。しがらみを背負うては立合などできぬ。それを断ち切れぬのならば、暇《いとま》を願い一人の武芸者、剣客として立合えばよい。某《それがし》はそのように存ずる」

佐兵衛の言葉は、ひとつひとつ仙之助の胸に突き刺さった。

北条佐兵衛は、それゆえただ一人の武芸者として生きてきたのであろう。

そもそも、江中家が舟形家の家臣となったのは、父・光斎《こうさい》の武芸を買われてのこと。

仙之助の代になって、茅野《かやの》一族に取り込まれてしまったが、仙之助は父が自分に伝えた武芸を極めることこそが、何よりも大事なのではなかったか。

江中光斎が遺《のこ》した武芸を大成させてこその忠義なのだ。

御家の面目を云々《うんぬん》する者がいたとしても、その者が自分の代わりに立合うわけではないではないか。

あれこれ考えずに、自分が根岸惣蔵と立合うつもりなのであれば、己の心のままに立合えばよい。

仕合《しあい》の形式で立合い、相手に後れをとったとしても、家中の士達を唸《うな》らせるだけの立合を見せれば本望ではないか。

修行が足りぬと思うたなら、致仕《ちし》して存分に鍛えればよい。

――なるほど、そうだ、楽しめばよいのだ。

自分は舟形家の家来であるが、そもそもは一人の武芸者なのだ。

仙之助の胸の中に漂っていた靄《もや》が、たちまち消えてなくなった。

「忝《かたじけの》うございます……。根岸殿が参られたら、存分に立合を楽しみとうござりまする」

満面に笑みを湛《たた》え、仙之助は佐兵衛に頭を下げた。

「勝手なことを申したが、少しは御役に立てましたかな」

「目が覚める想いにござりまする」

「それは何よりでござった。この身にも覚えはござるが、とかく若い頃はことを難しく考え、頭の中が縺《もつ》れた糸のようになってしまうもの……」

「ほんに仰せの通りにて」

「この先は、根岸殿よりも、家中の御歴々《おれきれき》の方が手強いかもしれませぬな」

「そうかもしれませぬが、わたしは一人の武芸者として生きてゆく覚悟は元よりできておりました。今さら何を迷うことがあったのか、それを思うと恥入るばかりでございます」

仙之助の表情は、ますます輝きを増してきた。

養父・江中光斎が亡くなって以来、彼はこういう話が出来る相手に飢えていたのだ。

「情けない話ですが、もう少し父が生きていてくだされば、このように悩むこともなかったかと……」

「御父上は、あれこれ言い遺す間もなく？」

「はい。自分でも、これほどまでに呆気《あっけ》なく死んでしまうとは、思いもよらなんだのでございましょう」

光斎はあれこれ言い遺しておきたいこともあったであろうに、少し風邪をこじらせたようだと床に入ると、そのまま眠るように息を引き取った。

「どんな話でもよいゆえ、北条先生が仰せになったような気構えを、わたしに説いていてくれたらと、哀しくなります」

「これも巡り合せでござろう」

「はい。捨てられていたわたしを、育ててくださった御方ゆえ、恩をこそ思えど毛筋ほども恨めしくはありませぬが……」

「捨てられていた？」

「これはまだ、お話をしておりませなんだ。左様にござりまする。わたしは父・光斎がかつて開いていた道場の表に捨てられておりました……」

ここまできたら、何もかも自分をさらけ出してしまおうと、仙之助は佐兵衛に、己が出生について真実を語ったのである。

このようなことが起きた時は、このように対処すればよい——。

ひとつひとつ伝えておこうと思いながら、それを果せずに光斎は死んでしまった。

しかし、仙之助が道場の表に捨てられていたのを見て、これは天から授かった子だと信じ、ありがたく我が子として育てたのだという事実は、しっかりと伝えてくれた。

武芸者の道場に子を捨てたのだ。仙之助の実の親は、武芸の道に繋がる人であったと思われる。

いつかその因縁が形になって現れた時、真実を知っている方がよかろう。

「お前は、いかなる巡り合せであろうが、江中光斎の子供である。この先も変わらぬことだが、それだけは伝えておこう」

光斎はそう告げてから、この世を去った。

その仕儀についてもありがたく思っているのだと、仙之助は佐兵衛に告げた。

出会って以来、

——この御方ならば。

と、教えを乞い、あれこれと打ち明けてきたが、根岸惣蔵と立合う時の心得よりも、この話を聞いてもらったことが、何よりも仙之助の心の内をすっきりとさせたのである。

「左様でござったか……」

佐兵衛は、思い入れたっぷりに仙之助の話を聞いていたが、

「似たような話を聞いたことがござる。真に、武芸に生きる者は、どれも同じでござるな……」

と、感じ入った。

「江中光斎先生……。会《お》うてみとうござった。だが、生きておられたら、きっと某と同じようなことを仰《おっ》しゃったであろう」

そして、それから佐兵衛は籠手《こて》、胴を着け、袋竹刀《ふくろしない》で立合い、仙之助に稽古をつけてやった。

適度に打たせつつ、仙之助の技を引き出し、時に技を封じ、打ち込んだ。自分より技量に勝れた相手と打ち合う時は、このような間合を保ち、剣先の取り合いを致さねばならぬという感覚をこの立合で知らしめたのだ。

稽古は一刻ばかりで終った。

「忝うございます。この御恩は終生忘れませぬ」

仙之助は板間に平伏して、謝礼の金子《きんす》を差し出した。

「このような物は……」

不要であると、佐兵衛は拒んだが、

「僅《わず》かな額でござりまするゆえ、どうかお納めくださりませ。このままではわたしの気がすみませぬ」

仙之助は、この数日間かで北条佐兵衛が軽々しく弟子を取らぬ人だと察していた。

彼が舟形家の剣術指南役に成るべき武士と知れば、尚さらである。

師弟の礼をとりたくとも、

「そなたの師は、江中光斎殿ただ一人でござるよ」

と、窘《たしな》められるのは目に見えている。

せめて、謝礼を納めねば、ただ人の好意に甘えるだけの未熟者になってしまう。

今日、佐兵衛から言葉を賜《たまわ》り、いざとなれば、大名家の剣術指南役の地位などさらりと捨てて、ただ一人の武芸者となり、己が武芸を貫く覚悟は出来た。

それでも今は舟形家家中の者である。主家に内密でここへ通って来てはいるが、受け取ってもらわねば、御家の面目にもかかわる。

「何卒《なにとぞ》……」

仙之助は重ねて願った。

「ならば、ありがたく頂戴いたそう」

出稽古や臨時の教授での謝礼が、佐兵衛の方便《たつき》となっている。彼は素直にこれを納め、

「根岸惣蔵殿が参られ、実になる立合ができることを祈っておりますぞ」

佐兵衛は、江中光斎の話など、まだ聞きたい想いが残っていたが、ひとまず再会を期して、仙之助を送り出した。

あらゆる迷いを吹きとばし、爽やかな表情となって浪宅を辞した若き剣士。

江中仙之助の姿を目のあたりにすると、心が和《なご》んだ。

しかし、口では〝己の心の思うままに立合えばよろしい〟などと言ったものの、

仙之助がその境地を貫くには、様々な難題が立ちはだかるであろう。

思えば千住大橋の袂《たもと》で、不良浪人達を懲らしたところを通りすがりに仙之助が認めて生まれた縁であるが、佐兵衛はそれに運命を覚えて、どうも落ち着かなかった。

㈢

重陽の節句を迎え、下谷七軒町《したやしちけんちよう》の通りにある舟形家上屋敷は、一日中そわそわとして、慌《あわただ》しく時が過ぎていた。

そのような中、茅野九兵衛《くへえ》と茅野陽介《ようすけ》は、用部屋で膝を突き合わせては、密談に及んでいた。

二人の傍には終始、物頭《ものがしら》の房松《ふさまつ》という壮年の武士が付き添っている。

日頃は常に如才なく笑みを湛えている九兵衛と陽介であるが、今は表情に邪悪な険《けん》が浮かんでいた。

一年後に御屋敷を訪ねるゆえ、その時にまた立合いたいと、根岸惣蔵なる旅の剣客が、江中仙之助に申し入れ、仙之助はこれを受けたという。

だが、国表の武芸場は城下にあるゆえ、訪ね易くもあろうが、五万石といえど、舟形家上屋敷は五千坪の敷地を誇り、長屋門には両番所があり、豪壮な造りである。

一介の浪人武芸者がおいそれとは訪ね辛い。

「九月の十一日あたりに、根岸惣蔵という武芸者が訪ねてくるゆえ、まず門脇の詰所に案内した上で、御用人《ごようにん》まで報せるように……」

などと、丁重に扱わねばならぬ謂《いわ》れは、江戸表においてはなかろう。

押して上屋敷の武芸場への案内を望めば、その時初めて、茅野陽介が出張《でば》って、上手く話をつけて、帰るようにもっていけばよいのである。

それくらいの手腕は持っているし、いざとなれば留守居役の九兵衛が出ていけば、相手も引き下がるに違いない。

茅野一族は、そのように高を括っていたのであるが、日が迫ってくるにつれて不安を覚えるようになってきた。

何よりも困るのが、江中仙之助の愚直な姿勢である。

日々、主君・伊予守《いよのかみ》からの信を得て、茅野の推しもあり、次期剣術指南役への就任は、ほぼ確かなものとなった仙之助であった。

既《すで》に百五十石もの禄を食《は》む身であるから、この先には大きな出世が待ち受けている。

十人抜きを果した根岸惣蔵と立合い、ひとまず追い返したのであるから、十分に実力のほどを家中に見せつけたはずだ。

今さら再び、田舎兵法者づれと立合う必要などない。

一年後などと言って立ち去ったのは、根岸惣蔵の勝手であり、約定を交わしたとて、ただの口約束である。

相手に合わせる義理もないし、もし怪我でもすれば何とするのだ。

陽介や九兵衛が、この立合などなかったことにしてしまえばよいと、家中での風向きを整え、仙之助には、

「あの一件については、こちらに任せておけばよい」

と、囁《ささや》きかけているというのに、

「いよいよ、勝負の時が近付いて参りました……」

あろうことか、仙之助は惣蔵との対決を信じて、心待ちにしている様子さえ窺《うかが》われる。

仙之助とて、日々修練は積んでいる。

後れをとるとも思われぬが、それは立合ってみなければわからない。

立合に勝ってさらに剣名をあげるのもよいが、ここで危険は冒させてはなるまい。

茅野一族の権勢を嫌い、何とか足を掬《すく》ってやろうという者も、舟形家家中には多い。

国表ではここ数年、家老一派が茅野一族に専横の疑いがあると、追い落しに動いている。

武芸一筋に生きる仙之助には、政《まつりごと》の裏側が見えていなかったが、茅野一族は何かというと、

「殿の思《おぼ》し召《め》しにござる」

伊予守の意思だと言って、金を引き出し、事業を起こしていた。

城館の整備、領内の土手、道の普請などが主で、これも伊予守の善政のひとつだと理解する者が多かったが、金の動くところには利権が生まれる。

出入りの御用商人からの見返りは、茅野一族の懐《ふところ》に収まることになる。

茅野はそれによって得た金を、適宜下役の者達に分け与えたので、彼らに逆う者はいなくなっていく。

御側用人の陽介は、伊予守の機嫌を取り結び、

「さすがは殿、領民もさぞ喜びましょう」

と、承認を得てきた。

伊予守の茅野一族に対する信のひとつには、江中仙之助を見出したことがあげられる。

先君の折に、江中光斎を迎え、光斎が死して後は、まだ若い仙之助を守《も》り立てて、立派な剣士にした——。

それはただただ仙之助の精進によるものだが、陽介、九兵衛は自分達の手柄になるように、都合よく話を拵《こしら》えて伊予守に吹き込んでいた。

仙之助が、伊予守から少しの不興も買わぬようにすることが、茅野一族にとっては大事なのだ。

「それにしても、根岸惣蔵は何者なのであろうの」

俄《にわか》に国表の武芸場に訪ねてきて、見事な腕の程を見せつけ、仙之助との立合に臨んだが、すぐに中断して、一年の後に再び立合いたいと言って立ち去ったというのは、どうも芝居がかっている。

十人相手に立合った後に仙之助と袋竹刀を交じえたのであるから、気力、体力共に消耗していた。それゆえ、

「己が力の限りをもって立合うてみとうござる」

というのはわからぬではない。

仙之助の剣が、そう思わせるだけの凄みを持っていたのであろう。

それでも、一年の間互いにさらに術を磨いた上で立合おうではないかというのは、仙之助に対してあまりにも執着が強過ぎないか。

考えるにつれて、不気味になってきたのである。

それで、少し前から根岸惣蔵について、詳しく調べ始めたのだが、

「遅きに失したかもしれぬの」

九兵衛は厳しい表情を浮かべた。

仙之助など苦もなく籠絡《ろうらく》出来ると高を括っていたが、家中での出世より、武芸者として成長し、主君への恩に応えたいという彼の想いが、これほどまでに強かったとは思いもよらなかった。

「根岸惣蔵殿との立合については、殿に申し上げた方がよろしゅうございましょうか？」

この日は、陽介にこのような一言が告げられていた。

とんでもないことである。

「旅の武芸者との、あるやなきやもわからぬような立合について、いちいち殿のお耳に入れるものではない」

無礼であるぞと、陽介はきつく申し伝えたものだ。

話すにつれて、九兵衛、陽介の表情は醜く歪《ゆが》んだ。やがて、留守居役配下の武士が用部屋へやって来て、

「根岸惣蔵の身上《しんじよう》が、これにまとまりましてござりまする」

と、身上書を差し出した。

「左様か、随分と手間取りおって」

九兵衛は不機嫌極まりない様子で、ひったくるように受け取り、恐縮する武士を下がらせて目を通した。

「何と……」

九兵衛の顔が、たちまち青ざめた。

「いかがなされました……」

陽介が怪訝《けげん》な表情で九兵衛を見た。

「根岸惣蔵の前名を見よ……」

九兵衛は書付を陽介に手渡した。

「前名……、毛受《めんじゅ》惣蔵……、父の名は……」

陽介の目が書付に釘付けとなった。

「その名に聞き覚えがないか」

「確かに……」

二人はしばし思い入れの後、ある想いで一致した。

「根岸惣蔵は、何としてでも、仙之助を打ち倒すつもりでは?」

「いかにも。これはどんな手を使ってでも、江中仙之助との立合は阻《はば》まねばなりませぬぞ」

「うむ、どんな手を使《つこ》うてものう。まさか、江中は既に、根岸惣蔵が何者かを知っているのではなかろうな」

「そんなはずはございませぬ」

「このところ、よう屋敷の外へ出かけているが、真に江戸見物をしていたのであろうか。勧めてやった料理茶屋で遊んでいた様子もないが」

「叔父上は、あ奴がどれへ行っていたと」

「たとえば、根岸が学んだという新当流を知るために、密かに新当流の道場へ通うていたとか」

「いえ。江戸の主《おも》だった剣術道場には、江中仙之助が出入りすればすぐわかるように、手を廻しておりますゆえ、それもござりますまい」

「いささか奴を甘やかしたかもしれぬ。ひとまずは、根岸との立合に備え、御長屋で精進潔斎《しょうじんけっさい》するよう申し伝えるのじゃ……」

それからしばし、九兵衛、陽介は、物頭の房松を交じえ、あれこれ策を練ったのであった。

㈣

北条佐兵衛は、浪宅にいて落ち着かなかった。

江中仙之助から教えを乞われ、自分なりに極意を授けて別れたが、彼のその後が気になって仕方がなかったのである。

武芸の修行を長年していると、引き寄せられるように、自分に似た気を発する者と出会うことがある。

仙之助との出会いは正《まさ》にそのような流れでおきたのだが、遅かれ早かれ、いつかそのうちに巡り合う運命にあったように思えてきた。

佐兵衛がこれまで生きてきた過程で、江中仙之助は何らかの形で、大きく絡んでいたのかもしれない。

根岸惣蔵との立合が果して実現するのであろうか。

実現したとして、立合はただの稽古に終るのか、それとも互いの意地をかけた仕合として行われるのか。

その辺りは当日の成り行き次第であろうが、

「互いに実りのある立合ができて、ようござったな」

と笑顔で終ればよいが、仙之助の術はなかなかに鋭い。相手の腕もまた、仙之助に勝るとも劣らない。

練達者同士の立合であるから、勝負の行方は紙一重となろう。

ここで打たねば、自分が打たれてしまう。

そのような瞬間を迎えた時、何が起こるかわからない。

袋竹刀で立合ったとしても、仙之助くらいの腕の持ち主であれば、竹刀が真剣の威力を発揮するものだ。

武芸者同士が一年後の再会を誓い合って、立合に臨む。さのみ珍しくもない話であったし、佐兵衛の与《あずか》り知る立合ではない。

しかし、その後の仙之助がやたらと気になるのだ。

平常心を保とうと、佐兵衛は裏庭へ出て、ひたすら抜刀術の稽古に没頭した。

何とか心の迷いを取り払い、会心の一刀を虚空に放った時。

生垣の向こうから、お竜が足早にやってくる姿を見た。

「先生、少しお邪魔いたします……」

お竜の声には緊張があった。

咄嗟《とっさ》に佐兵衛は、江中仙之助に新たな動きがあったのではないかと、感じたものだ。

「何か知れたか……」

佐兵衛は、お竜を伴なって、家の広間へと戻った。

「ご隠居が、江中仙之助先生のことで、色々とお調べになりまして……」

お竜は対面すると、まずそう告げて畏まってみせた。

「さっそく御隠居が動いてくだされたか……」

佐兵衛は、いつもながらの隠居のお節介にニヤリと笑ったが、今は本当にありがたかった。

「相手の根岸惣蔵についてのことかな？」

「はい」

「新当流の遣い手で根岸となれば、根岸雷道《らいどう》先生縁《ゆかり》の者か？」

「左様でございます」

「雷道先生には子がおらなんだはず。となれば親類の者か、弟子に姓の名乗りを許したというところじゃな」

「はい、お弟子であったようです」

佐兵衛は頷いた。それくらいの情報は長い修行の間に自ずと耳に入っていた。

とはいえ、武芸には多くの流派があり、一通りを学ばんとしたものの、そこの剣士達の詳細までは知る由《よし》もなかった。

他人の動向など気にかけず、己が武芸を極めていくのが佐兵衛の信条である。

仙之助とも武芸談義はしたものの、人の噂話などは一切しなかった。

ただ、一年後に再び立合いたいと申し入れたという根岸惣蔵なる旅の剣客には興をそそられてはいた。

「して、根岸惣蔵の以前の姓は？」

「毛受、と申されたとか」

「毛受……、毛受惣蔵……。父親の名は？」

「毛受源太左衛門《げんたざえもん》という剣客であったとのことにございます」

「左様か……」

佐兵衛の目がきらりと光った。

お竜は次の言葉を告げる前に、少し姿勢を改めた。

茅野九兵衛は配下の者から、身上書を受け取って読んで確かめたが、お竜はすらすらと空で述べる。

人の生死に絡む話は、物に残さず口頭で言い、瞬時に覚えるのが、武芸者の心得であると、佐兵衛はお竜に教えてきた。

「お竜、もしかして毛受源太左衛門殿は、果し合いに倒れたのでは？」

お竜の言葉を待たず、佐兵衛は問うた。

「はい……。そのお相手というのが、江中光斎先生であったとか……」

お竜も興奮気味に応えた。

「先生がお師匠様に連れられて、初めて旅で果し合いを見られた時のお二方ではなかったのでしょうか」

「恐らくそう思う。あの時、勝った方の武士が、倒れた方へ駆け寄って、〝めんじゅ殿〟と、言葉をかけていたのがおれの耳に届いた。まだ子供の身には、毛受など珍しい姓と思うたゆえ、耳に焼き付いていたのだが……」

佐兵衛の師匠・津田半左衛門《つだはんざえもん》にも、その声は届いたはずだが、半左衛門は佐兵衛には何も言わなかった。

ただ、武芸に生きる者にとって、果し合いは避けて通れないものではあるが、相手と斬り合えば、必ずどちらかがあのように命を落してしまうことになる。

誓約を交わし、遺恨を残さずに勝者は敗者を称える。

正しい果し合いはこのようなものであるが、出来る限りは真剣勝負などは避けるべきである。

師は無言のうちに、佐兵衛にそのように教えたのであった。しかし、それにしても、

「毛受殿……」

と駆け寄った武士が、仙之助の養父・江中光斎であったとは、やはり武芸の縁は思わぬところで繋がっている。

仙之助は捨て子であったと佐兵衛に打ち明けたが、江中光斎は果し合いで人を斬った無常を覚え、捨てられていた仙之助を育ててやろうという気持ちになったのであろう。

佐兵衛がお竜を助けたように、死と隣り合わせにいる武芸者は、時に儚《はかな》い生を守るために命をかけてもよいという想いが湧いて出るものだ。

仙之助と出会った後、文左衛門の隠宅で、お竜、勝之助、安三をも交じえて、珍しく昔話をした佐兵衛であった。

それは、仙之助にかつての思い出を蘇《よみがえ》らせる、何かが漂っていたからに違いない。

そして、仙之助と別れてから心に漂っていた靄《もや》には、こういう因縁が含まれていたのだ。

「根岸惣蔵様が、江中仙之助先生と、力の限り立合いたいと申されたのは、親同士の因縁に決着をつけようとの思いからでしょうか」

お竜の気持ちは高ぶった。

「それはわからぬ。だが、少なからずその想いはあるのではないか」

佐兵衛とお竜に、昨年の武芸場での一件を語った時の様子では、仙之助は根岸惣蔵に嫌な想いを抱いているようには見えなかった。

それは惣蔵が正々堂々と立合い、仙之助の腕を称えた上で、互いに一年鍛え合って、再び立合おうではないかと申し出た爽やかさを思ってのことであったはずだ。

つまり、仙之助は親の仇を討ってやろうという殺気を、惣蔵から覚えなかったのである。

「江中先生は、相手の正体に気付いているのでしょうか」

「いや、知ってはいまい。江中光斎殿が、毛受源太左衛門を討ち果したという話は聞いていようが、その息子が惣蔵で、今は根岸の姓を名乗っているとまでは知らなんだはず」

或いは、江中光斎は源太左衛門に息子がいるとは知っていたが、その後、その息子が根岸雷道の弟子となって、姓の名乗りを許されたことまでは知らなかったのに違いない。

江中光斎は宇都宮の人で、奥州の舟形家に剣術指南役の一人として仕官した。あの日、佐兵衛が見た果し合いは、宇都宮の外れであったから、毛受源太左衛門は、あの辺りに旅に出ていて、そこで光斎と出会った。

そして、ゆえあって果し合いに及んだものと思われる。

倒れた相手に駆け寄り、声をかけた光斎は、武士の情けに溢れた剣客に見えた。

源太左衛門に妻子がいたと知れば、正々堂々と訪ね、お悔《くや》みのひとつも言ったはずだが、果し合いに至る過程で、

「そのような気遣いは一切無用に願いたい」

と、誓約を交わしたのかもしれない。

根岸雷道という剣客は、九州日向《ひゅうが》の国で道場を開いていた。

惣蔵が雷道に入門し、剣術に励んだとしても、奥州へ入った光斎の耳に、まず噂などは入ってこなかったのであろう。

結局、光斎は毛受源太左衛門との果し合いについては、仙之助に語り継いだが、源太左衛門の子供がどこでどうしているかは知らぬまま永眠した。

または、ある程度は聞き及んでいたが、呆気なく息を引き取ってしまったので、それについては、仙之助に言い遺せぬままになっていたのかもしれない。

そして、仙之助は根岸惣蔵なる剣客が何者かなど、探る間があれば、己が剣の術を少しでも高めんとして、これまで励んできたのに違いなかった。

「だが、御隠居の調べも相変わらず大したものだが、恐らく舟形家の茅野一党は、根岸惣蔵の正体を摑んでいるはずじゃ」

「と、すれば、そのことを江中先生に……」

「伝えはすまい。仙之助殿がこの因縁を知れば、ただの立合ではすまされぬ」

「相手を称えんとして、命をかけて立合に臨むかもしれませんね」

「すべては、根岸惣蔵の思惑次第であろうが、舟形家の重役達は、これを惣蔵殿の仇討ちと捉えるかもしれぬ」

「立合にかこつけて、江中先生の命を奪うつもりだと？」

「そのような危険を孕んでいるとは思うておろう」

「では、何としてでも、この立合を潰しにかかるつもりなのでしょうか」

「重役達がそう考えるのは、十分にあり得る。連中が何よりも恐れているのは、江中仙之助の、武芸者としての真っ直ぐな心だ……」

㈤

暮れゆく日本橋をゆったりと北へ渡る一人の武士。

旅を重ね江戸へやって来た武芸者という風情《ふぜい》で、革の袖無羽織《そでなしばおり》は埃《ほこり》にまみれていた。

――あれから一年か。

橋の上で足を止め、人の往来が絶えぬ賑やかな風景を眺めながら思い入れをした。

旅の武芸者は、新当流剣客・根岸惣蔵であった。

一年の間、江中仙之助とは、共に修練を積んで再び立合わんと言って別れた。

その間、己が剣の集大成を築かんと、さらなる術の向上に努めたものだが、今の彼は、少しばかり頬もこけ、表情に窶《やつ》れが浮かんでいる。

長い旅からの出府《しゅっぷ》で、気力体力共に弱ったのかもしれぬが、惣蔵の目はらんらんと光り輝いていた。

――いよいよ己が剣の締め括りの日がやってきた。

その充実はあったが、果して舟形家を訪ねたとて、まともに取り合ってくれるであろうか。

その心配が、この一年の間彼の頭の中から離れなかった。

果し合いをしようというのではない。己が武芸者としての人生を、きっちりと終らせたい。

ただそれだけの想いであった。

父・毛受源太左衛門は、武芸者としての一生をまっとうした。

だが、父親としてはどうであろう。妻子に苦労を強いて、果し合いに臨み、死んでいった身勝手な男であったといえよう。

「おれは明日、江中光斎殿と果し合いに臨む。戻ってこなんだ時は、武運拙なく討ち死にを遂げたと思ってくれ」

源太左衛門は、果し合いの前日になって、いきなりそんな話を持ち出した。

惣蔵はまだ十三歳で元服も済ませておらず、廻国行脚《あんぎゃ》に母親まで同道していた。

武芸者としての生き方を貫くのなら、妻子など持つべきではなかった。

しかも、武芸の腕をもって、仕官の道を歩まんと、妻子を伴《とも》に旅に出たというのに、宇都宮の城下で江中光斎の道場を訪ね、立合で光斎と相打ちに終ったのがよほど悔しかったのか、

「真剣ならば、某が勝っておりました」

などと、要らぬことを言った。

江中光斎は、温厚な武士で、

「なるほど、そうかもしれませぬな」

と、源太左衛門を立ててくれたのだが、それをしつこく言い募り、遂には果し合いを約したのだ。

温厚な光斎とて、武芸者としての意地もある。

歳もまだ三十を過ぎたところで、血気もあった。

引くに引かれぬ状況を作ったのは、父・源太左衛門であった。

城下の外れの寺に寄宿していた妻子に、

「互いに得心の上の果し合いであるゆえ、くれぐれも遺恨無きように」

そう言い置いて出たまま帰らなかった。それゆえ当地の役人に問い合わせると、討ち死にを告げられたのだ。

果し合いで自分が倒れたら、役人に届け出てもらいたい——。

源太左衛門は、光斎にそれだけを頼み、幾ばくかの金をも持参して勝負に臨んだのだ。

妻子の有無などは、一切語らなかったようだ。

光斎が、源太左衛門に妻子がいると知れば、果し合いに応じないかもしれないと考えたのであろう。

父は妻子に、五両の金を遺した。

この度の旅に出る前に、源太左衛門はやくざ者の用心棒などして金を貯めていたようだ。

或いは、用心棒同士斬り合って、一人、二人殺していたのかもしれない。

その争闘が、源太左衛門に果し合いの自信を与えてしまったとすれば、真に皮肉な話である。

役人から死を告げられた時は、子供心に父を恨んだ。

戻ってこなければ近くの役人に訊ねよと果し合いに出かけたのは、乱暴過ぎた。

役人に江中光斎の道場を教えてもらって、埋葬の礼を言おうと思ったが、父を斬った相手を訪ねるのも気が引けて、母と共にそそくさと寄宿先の寺を出て、逃げるように城下を後にしたのであった。

しかし、そこからは苦労の連続であった。

新当流の達人・根岸雷道を訪ねんとしたが、宇都宮を出たところで母を亡くし、やっとの想いで根岸道場へ辿り着いた。

雷道は、源太左衛門の兄弟子に当り、惣蔵の境遇を哀れみ、内弟子として育ててくれた。

惣蔵はそこで剣才を開花させ、雷道の期待に応えた。そして、雷道から根岸姓の名乗りを許され、晴れて一人立ちをし、九州から江戸へ向かったのである。

ところが、剣術が強くなったのは好いが、父譲りの頑強さが災《わざわ》いして、江戸への道中、何度となく喧嘩沙汰《けんかざた》を起こし、江戸に入る前に人を斬り、駿府《すんぷ》のやくざ者の許に身を寄せることになった。

悪縁は悪縁に繋がり、いつしかやくざの用心棒暮らしにどっぷりと浸ってしまった。

そのうちに胸を病み、ある朝、

――これではいかぬ。ただの破落戸《ならずもの》として生涯を終えるのは空《むな》し過ぎる。

ふと思い立った。

己が剣は、やくざ者を守るために身に付けたものではないのだ。

幸い金は五十両ばかり懐にあった。

父に連れられて諸国を巡った頃が懐かしく、気が付くと春風に吹かれて旅に出ていた。

自分を拾ってくれて、姓の名乗りまで許してくれた師・根岸雷道は、今頃自分のことをどう思っているだろう。

江戸で剣名をあげているとは思っていまい。

江戸への道中、果し合いに及んで命を落したかと心配しているかもしれない。

それならばまだしも、既に自分の悪評が届いていて、

「惣蔵は死んだのじゃ……」

と、失望して忘れられているのかもしれないと思うと、いたたまれなかった。

そこで方々の道場を巡り、

「一手指南《いって》を願います」

と、驕《おご》ることなくひた向きに稽古をしてみると、爽やかな気持ちになれた。

やくざ者の用心棒に成り下がり、剣術は荒れていたが、少し稽古をすると、以前の自分の剣が戻ってきた。

惣蔵は意気揚々として旅を続けた。

そのうちに、父・源太左衛門の苦労や苦悩がよくわかるようになってきた。

――この辺りでひとつ、己が剣に区切りをつけておきたい。

そう考えた時に、心の内に浮かんできたのが、今や三冨《みとみ》流の遣い手として、舟形家家中でめきめきと名をあげている、江中仙之助の存在であった。

彼の父・光斎は、惣蔵の父・源太左衛門を討ち果した後、舟形家に迎えられ、養子の仙之助を鍛えたが、先年亡くなったという。

早くに養父と死に別れた仙之助は、師を失い、随分と苦労を強いられたであろうに、その精進ぶりは瞠目《どうもく》に値する。

自分とは深い因縁がある江中仙之助。

彼は父・源太左衛門が後れをとった、江中光斎の術を受け継いでいる。

――江中仙之助と立合うてみたい。

その想いが沸々と込みあげてきて、惣蔵は舟形家の武芸場が城下にあって、旅の者でも訪ね易いと聞き、いそいそと訪ねたのであった。

幸い、毛受の姓は根岸に変わっている。

父親同士の因縁が知れることもなかろう。この数年、惣蔵は剣術界から遠ざかっていて、無名に等しい。面倒なことにもなるまい。

惣蔵はどうしても、仙之助と立合いたかったのだ。

そして、舟形家家中の武士達は、他所者《よそもの》に後れを取っては恥とばかりに、次々と惣蔵との立合に臨んできた。

仙之助の前で恥はかきたくない。

久しぶりに惣蔵の剣は充実して、一本勝負の立合でたちまち十人を抜くことが出来た。

そして遂に仙之助との立合が叶ったのだが、仙之助の剣は他の家中の比ではなく、真に見事なもので、惣蔵は嬉しくなってきた。

ところが、惣蔵も寄る年波には勝てず、十人相手に立合った後だけに、息があがってきた。

そこで、一年後の立合を提言して、仙之助はこれを受けてくれた。
――これでまた一年、再会のために稽古に打ち込める。
惣蔵は意気揚々と引き上げたのであった。
あれから早くも一年が経った。
家中の士を十人まで抜いた自分と、五分の立合をしたのだ。
仙之助も面目を施したであろうし、彼もまた稽古に励んだはずだ。
会って竹刀を交じえただけで、仙之助が武芸一筋に生きてきたことがわかった。
負けてはいられない。
その想いが惣蔵をこの一年支えてくれた。
彼は日本橋を北へ渡ると、大伝馬町へ出て旅籠《はたご》に投宿した。
――生涯で一番の立合を見せてやる。
明日は、舟形家の上屋敷を訪ねると思えば、なかなか眠れなかった。
仙之助も楽しみにしてくれているに違いない。
惣蔵には、人に言えぬ仙之助への思い入れがあったのだ。

(六)

そして九月十一日を迎えた。

江中仙之助は朝から落ち着かなかった。

彼は、根岸惣蔵との約定は、当然果されるべきものと信じていた。

訪ねてきたその日に立合うかどうかは別にして、惣蔵が来たら、留守居役配下の士が応対に出て、仙之助との立合の段取りが組まれる。そのように、御側用人の茅野陽介からは聞かされていた。

仙之助は、惣蔵との立合に、この一年の成果を確かめたい想いで稽古に励んできた。

自分が主君・舟形伊予守の覚えがめでたく、御家の武芸を代表する存在になっているという自覚はあった。

こうなると己が想いだけで、他流との立合が、おいそれと出来ないこともわかっていた。

だからこそ、伊予守の耳にも入れず、そっと根岸惣蔵と立合えれば、それだけで満足であったので、それほど難しくは考えていなかった。

惣蔵が過ごした一年に、自分が劣っていることだけは避けたいと思ってきたのだ。

だが、事態は仙之助が考えているほど甘くはなかった。

朝から仙之助は、茅野陽介から、主君・伊予守の近侍《きんじ》を申し付けられた。

いつもの稽古の後、伊予守に付いて、上屋敷内の武具庫の検分を命ぜられたのだ。

この日は、舟形家の祖先が奥州にあって、合戦で勝利を収めた記念の日に当るゆえ、

「一度、殿御自《みずか》ら、伝来の武具を御検分なされてはいかがでございましょう」

と、留守居役の茅野九兵衛が上申したところ、

「うむ、もっともである」

と、伊予守はこれを聞き容《い》れ、武具を検分することになったものだ。

もちろんこれは、仙之助を惣蔵に近付けぬための茅野一族の策謀であった。

「畏まってはござれど……」

剣術指南役と目される仙之助に、付き添いを命じた折、仙之助は惣蔵との立合

について気にしたが、

「わかっておる。根岸殿が訪ねて参られた折は、何《いず》れかに案内して、お待ち願おう。おぬしは気にせずともよい」

陽介はこともなげに言った。

「上屋敷の武芸場に迎えて、立合うてもらえばよいのだが、それではちと大ごとになるゆえ、日暮里《にっぽり》の御下屋敷《おしも》の武芸場でどうじゃ」

「なるほど、御下屋敷なら、目立つこともございませぬな」

「であろう。存分に立合《たちお》うて、この一年の精進を確かめればよい。我らも立合うて、次第を殿の御耳にも入れるつもりゆえ、抜かるでないぞ……」

陽介はそう言って仙之助を言いくるめたのであった。

茅野達は、惣蔵は必ず訪ねてくるだろうと見ていた。

とにかく仙之助に会わさず、上屋敷から遠くへ連れ出す算段を立てていた。

仙之助は、陽介の言葉を信じつつも、どこか不安が付きまとった。

主命とあれば是非もないのだが、今日に限って舟形家の謂《いわ》れを持ち出して、武具庫の検分もなかろう。

もしや、自分を根岸惣蔵に会わさぬための方便ではなかったか。

その疑いが心の角《すみ》に残っていた。

すると伊予守は、剣術の稽古が済んだ後、仙之助を連れて武具庫に入ると、意外なことを口にした。

「今日は、一年前にそなたが国表の武芸場で立合うた、根岸某《なにがし》が訪ねてくるのではなかったか」

と、小声で問いかけたのだ。

「は、ははッ……」

仙之助は畏まり、言葉に詰った。

武芸場での一件は、仙之助の剣が旅の豪の者を追い返したという風に、茅野達が伊予守に知らせていたはずであった。

仙之助はそれが不本意であったが、自分達が推してきた者の功を、言い募るのは茅野達家来にしてみれば仕方のないことで、仙之助が根岸惣蔵の十人抜きをそこで止めたのは事実であった。

惣蔵は仙之助を称え、自ら立合を止めたのであるから、追い返したとも言える。

しかし、一年後に再び相見《あいまみ》えんというのは、その場の勢いで惣蔵と仙之助が交わした約定であった。

仙之助の活躍でほっとした一同は、何の異を唱えることもなく終ったので、この約定は認められたと思っていたが、再会の件はわざわざ主君に伝えるものではなかった。

仙之助はそれゆえ、毎日のように剣術稽古で顔を合わせたとて、伊予守には何も伝えずにきた。

そして、茅野一族も伊予守には知られぬように注意を払ってきたつもりであったが、存外に伊予守は、家中の動きには敏であった。

何ごとも、よきにはからえと言いながら、近頃の茅野一族の専横にも、知らぬ顔をしつつ気付いていたのである。

「いかにも左様にございます……」

仙之助は身を縮めて、主君の表情を窺った。

「茅野達は、その者にそなたを会わせとうないのであろう」

伊予守は小さく笑った。

「奴らの気持ちはわからぬではないが、余はそなたが立合うところを、わざわざ見るつもりもないし、そなたが相手に後れをとったと聞いたとて、そなたを剣の師と思う気持ちは変わらぬ……」

「忝うござりまする……」

仙之助は感激に涙が浮かんだ。

「余は、家来達が働き易いようにと、舟形家の主になってからは、何ごともよきにはからえと申し伝えてきた。政はきれいごとでは務まらぬ。茅野達にも奴らなりの言い分があるのであろう。まず黙って様子を見ていようと思うたのじゃが、奴らは、根岸なる剣客を体《てい》よく追い返すつもりかもしれぬ。気になるのなら、そっと外へ出て根岸が来ぬか様子を見に行けばよかろう」

伊予守は決して凡庸な主君ではなかった。

まだ当主となって日が浅いゆえ、家来達の出方、動きを、
と言いつつ見定めていたのだ。

「よきにはからえ」

「もし、茅野らが門前払いを食らわせた時は、構うことはない。そなたが根岸を捉えて、存分に立合えばよいのだ」

「ありがたき幸せに存じます……」

仙之助は、武具庫にいると見せかけ、そっと屋敷の外へ出ることを得た。

茅野一族も彼らなりに御家の武芸の面目を大事にせんとしたのかもしれない。

何ごとも主君が頭ごなしに命を下しては、家来達もまた面目を失う。

しかし、家来達が間違った方へ向かえば、その時はやんわりと修正するように仕向ける。

それで気付けばよし、気付かずに専横の振舞を続けるならば、伊予守はよきところで大鉈《おおなた》を振るうつもりでいた。

とはいえ、心やさしき殿様は、それでも家来達の誠を信じていたのだが、茅野一族の暴走は既に止まらなくなっていた。

仙之助はそっと屋敷の外へ出て、根岸惣蔵が訪ねてこないか、裏手の勝手門の周りを張り込んだ。

茅野達が惣蔵を捉える前に、何としてでも会っておきたかったのだが、この時、既に惣蔵は勝手門を訪ね、茅野陽介によって、言葉巧みに連れ出されていたのである。

(七)

根岸惣蔵は、昼になって舟形家上屋敷の勝手門を訪ね、

「某は新当流・根岸惣蔵と申す者にござる。当家にお仕えの江中仙之助殿との約定を果すため、これに参上仕った」

堂々と案内を乞うた。

門番達には茅野陽介から通達が密かにされていて、

「左様でござるか。ちと、これにてお待ちくださりませ」

門番は一旦、惣蔵を門内の脇にある詰所に案内した上で、すぐに陽介に取り次いだ。

「やはり参ったか……」

陽介は渋い表情を浮かべ、そこから物頭の房松と何やら談合した後に応対に出た。

「これは根岸殿、お待ちいたしておりました……」

陽介は丁重なる物言いで挨拶をかわし、

「今はあいにく、江中仙之助は殿の御用で手が離せませぬ。申し上げ辛《づろ》うござるが、我が君におかれましては、仙之助を片時も離されぬほどのお気に入りようでござってな。他流の剣客と立合うことを、お喜びになりませぬ」

と、切り出した。

「それは重畳《ちょうじょう》。江中殿の精進ぶりを、お認めになられたのでござりましょう」

惣蔵は素直に祝着《しゅうちゃく》であると喜びを見せたが、

「さりながら、江中殿との立合は、武士と武士、男と男の約定でござる。この一年、江中殿との立合を生き甲斐とし、励んで参った。殿様の御意向がいかがあれど、この期に及んでの変改は、得心がいきませぬぞ」

厳しい表情で、約束の履行を迫った。

その顔には、幽鬼《ゆうき》のような死相ともいえる凄みが漂い、陽介をぞっとさせた。

――こ奴は、命を捨てる覚悟で来ている。

今日は何としても、江中仙之助と根岸惣蔵の立合を阻止せんと考えていた陽介は、場合によっては金を摑ませて帰してもよいと思っていた。

しかし、惣蔵の言動、物腰から察するに、どうあっても立合わせていただこうという意志が漲《みなぎ》っている。

人知れず立合わせてやれば、仙之助、惣蔵共に満足するかもしれないし、伊予守の耳に届かぬように出来るであろう。

だが、仙之助は立合で後れをとった時、

「殿にも養父にも申し訳が立ちませぬ」

と、腹を切りかねない。

それを思い止《とど》まったとしても、この事実を伊予守に打ち明け、剣術指南役への就任を固辞するかもしれない。

「融通の利かぬ奴め……」

茅野一族の間では、仙之助の直情径行《ちよくじようけいこう》ぶりに辟易《へきえき》する声があがり始めている。

国表では、

「仙之助の代わりになる者を見つけておかねばなるまい」

と、仙之助出府中に、伊予守好みの若き剣士を探し始めていたが、今は仙之助に代わる者は見つからない。

仙之助も、茅野への恩を忘れているわけではない。しばらくは主君も含めて籠絡しておくしか道はないのだ。

とどのつまりは、根岸惣蔵との立合を何としてでも潰してしまわねばならない。

惣蔵は一言も口にしないが、彼の父・源太左衛門を討ち果したのは、仙之助の養父・光斎なのだ。

立合に託《かこつ》けて、惣蔵は仙之助が二度と剣を揮《ふる》うことが出来ぬよう、打ち据えるつもりでいるのかもしれない。

袋竹刀での立合であっても、惣蔵くらいの練達者であれば、容易にそれを遂げられるはずだ。

何ごとも〝もしや〟の域を出なくとも、自分達の権勢の妨げとなるものは、取り除いていかねばならないのだ。

伊予守は、茅野の力を巧みに押さえ込んでやろうと、密かに胸に想いを抱いていたが、いざとなれば手段を選ばぬ、一党の残忍さにまで気付いていなかった。

「江中仙之助との立合は、殿の目の届かぬところで存分にできるようにと、手配をいたしておりまする」

陽介は、不忍《しのばず》池端に稽古場を借りているので、そこで願いたいと持ちかけた。

「御高配、痛み入り申す」

「さりながら、この立合については、あくまでも内々のことにしていただきとうござる」

「心得てござる。他言はいたさぬ」

こうして、陽介自らが案内し、惣蔵を連れ出したのであるが、彼の終始思い詰めた様子には、恐ろしい剣気が漂っている。

——かくなる上は。

陽介は、連れ出した時に、既に肚《はら》を決めていた。

(八)

江中仙之助は、舟形伊予守の許しを得て、そっと屋敷を抜け出すと、すぐに勝手門を見張っていた。

一年前の武芸場での立合の後、仙之助は根岸惣蔵を送って出た。その時、惣蔵は、

「勝手門があるとお聞きしております。昼過ぎにはそちらへ……」

そっと仙之助に耳打ちしていた。

惣蔵にしてみても、邪魔が入ることを考えて、仙之助本人に知らせておかねば、気がすまなかったのであろうが、

「聞いておいてよかった……」

ここを見張っておけば、きっと会えるに違いない。

そう思ったものの、根岸惣蔵らしき者は昼過ぎというのに現れる気配がない。

門番に問うわけにもいかず、気が急《せ》いた。

茅野九兵衛、茅野陽介のことである。どのような手を打っているかしれたもの

ではない。

――まさか、入れ違いであったか。

苛々《いらいら》とする彼の目に、見覚えのある顔が映った。

剣術の師範と女中のような二人であるが、何とそれは、北条佐兵衛とその弟子であるお竜であった。

佐兵衛は、文左衛門の調べによって根岸惣蔵と仙之助との因縁を知り、胸騒ぎに襲われた。

仙之助から聞いた話では、惣蔵に父の仇を討ちたいという意図は感じられなかった。

しかし、茅野がこれを知った時、何と思うかしれたものではない。

仙之助は惣蔵との因縁など何も気付いていないように思えるが、知れば話がこじれ、

「父同士に倣《なら》って、我らも果し合いと参ろう」

などと互いに言い出さないかと、案ずるであろう。

佐兵衛は武芸者として生きてきたから、

「二人は武芸者同士ゆえ、たとえ果し合いになったとしても詮《せん》なきこと」

周りがどうこう言うべきではないと思っている。

だが願わくは、一年前の袋竹刀での立合の続きを行い、御家の面目がどうだの、殿の覚えがどうだのと言わず、存分に立合えればよいと考えていた。

伊予守とて、それほど凡愚な大名でもあるまい。

舟形家の重役達が余計な介入をするのであれば、何とか仙之助の役に立ってやりたい。

文左衛門と諮《はか》り、佐兵衛は、お竜、井出勝之助、安三の力を借りて、惣蔵のおとないと重役達の出方を探ったのだ。

「北条先生……」

仙之助は、佐兵衛の意図をすぐに察して、感じ入った。

「出てこられたのじゃな……」

佐兵衛は仙之助を促して、歩きながら言った。仙之助は、お竜に会釈して、

「殿がそっと外へ出してくださりました」

佐兵衛に従いながら応えた。

「殿様が……。左様か……。よき御主君じゃ」

見て見ぬふりをしながら、ここぞというところはしっかりと押さえている。

そういう殿様であったのかと、佐兵衛はまず安堵《あんど》したが、

「せっかくの思し召しであるが、一足違いのようであったな」

険しい表情となった。

「根岸殿が、既に……?」

「そのようじゃ。それらしき御仁が勝手門を訪ね、しばらくして、家中の方々と共に何れにか参られた」

「何と……」

佐兵衛はお竜と二人、その様子を見ていた。そのうちに仙之助が姿を現わすであろうと思いこれへ残ったが、勝之助と安三は密かにあとをつけて行ったものだ。

そして佐兵衛とお竜は、仙之助を一行が去った方《かた》へと誘《いざな》い、歩き始めた。

「やはり、家中の者達は、わたしと根岸殿を会わさぬように、外へ連れ出したのでしょうか……」

「そっと窺った様子では、ご重役と思しき方々は、ひとまずどこかへご案内しているようでした」

お竜が告げた。

「それならばきっと、下屋敷へ案内したのでござろう……」

仙之助の表情が和《なご》んだ。

下屋敷の武芸場ならば目立つこともない。茅野陽介はそう言っていた。

佐兵衛はしかし、そうは思えなかった。

「江中殿は既にお聞き覚えがあるのかもしれぬが……」

ここで、根岸惣蔵が実は、毛受源太左衛門の息子である事実を伝えた。

「まさか……、それは知りませなんだ……」

光斎が毛受源太左衛門という剣客と果し合いに及んだことは、知っていた。

考えようによっては、惣蔵がその遺恨を、江中光斎の養子である仙之助にぶつけんとしていると捉えられる。

あれほどの腕を持ちながら、剣術界では知られていなかったのには、まだ子供の頃に父親を亡くしたことが痛手になっていたのかもしれない。

武芸者として生きていくと、些細なことから話がこじれ、それが果し合いに繋がる時がある。

源太左衛門との果し合いは、彼と袋竹刀で立合い、相打ちになった時、まだ若かった光斎が何の気なしに、

「傷《いた》み分けでござったな。これが真剣であればどうなっていたことやら」

と言ったところから話がこじれた。

「それは、真剣ならば某は斬られていたということでござるか。真剣なら某が勝っておりました」

光斎は真逆の意味で言ったのだが、源太左衛門はそのように捉え憤《いきどお》った。

同じような年恰好で、互いに実力を備えた武芸者同士。

しかし、光斎は宇都宮に道場を構え、世上の評判もよいのに比べ、源太左衛門は旅の空で、なかなか剣名をあげられず苦悩していた。

そういう感情が、源太左衛門の心を捻《ね》じ曲げてしまったようだ。

光斎が何と言っても聞く耳を持たず、

「しからば真剣でお相手仕る」

と、言い出した。

光斎もまだ血気盛んな頃で、遂に果し合いに及んでしまった。

「それを今でも悔やんでおる。仙之助、意地をかけての真剣勝負など無益じゃ。気をつけるのじゃぞ」

光斎は、そのように言い聞かせたが、果し合いの勝利など自慢にもならぬと、ほとんど語りはしなかったのだ。

「根岸惣蔵殿が、それゆえわたしと立合いたいと思うたとて、意趣返しのためとは思えませぬ。竹刀を交じえたわたしにはわかります」

「だが、人の心はわからぬものでござるよ」

「それゆえ、家中の御歴々は、根岸殿をどこかに連れ出し、この立合をなかったことにしてくれと、金でも渡して追い返そうと……？」

「それならばよいが……」

佐兵衛は、表情を引き締めた。

一行が向かった道筋は、ここで二つに分かれた。

「しばし、待ちましょう」

お竜が仙之助の興奮を静めるよう、ゆったりとした口調で言った。

すぐに右の道から安三が走り来て、

「こちらでございます」

と、三人に告げて足早に歩き出した。

その先の分かれ道に、井出勝之助が待機しているのだ。

「急ぎましょう」

お竜が駆け、安三が先頭に立った。

すぐに勝之助に追いついた。

仙之助は次々に現れる、お竜の仲間に驚いたが、紹介などしている間もなく、

「こちらの方へ行ったようにござる」

勝之助は左の道を駆けた。

「これは……、下屋敷への道ではござりませぬ」

仙之助が唸った。

先の道は幾筋にも分かれていて、惣蔵を連れた一行の姿はなかなか見当らなかった。

日は急に傾いていった。

その頃——。

根岸惣蔵は、茅野陽介と供の者二人に案内され、不忍池端を歩いていた。

「その繁みを越えたところに、稽古場を用意しておりますゆえ、しばしの御辛抱を……」

陽介は終始、御足労をかけると労《ねぎら》い、丁重に接していた。

「いや、わざわざのお運び、忝うござる……」

惣蔵は低頭した。

人には悟られまいとしていたが、時折、嫌な咳《せき》が出ていた。

胸の病は、治まったかと思えばまた頭をもたげて、修練の日々の邪魔をしていた。病魔が確実に彼を蝕《むしば》んでいた。自分の命が長くないのを知った時、彼は罪深き己が来し方を回顧し、武芸者として、人としての最後の行を果さんとしているのだ。

舟形家上屋敷を訪ねたとて、門前払いを食らわされるかもしれぬとも思った。

その時は、番士達を打ち倒してでも、江中仙之助に会い、彼の真意を問うつもりであった。それで、仙之助の意思でないと知れたら引き上げるつもりでいた。

しかし、主君の不興を見てとり、外でそっと立合をさせてやろうという、側用人の配慮はありがたかった。

惣蔵は、この時、茅野陽介の厚意を疑わなかった。生きてこの日を迎えられた安堵と、陽介の悪巧みにおける際立った役者ぶりが、惣蔵に油断を与えたのだ。

繁みに入った時、左方の灌木《かんぼく》の陰がざわめいた。

惣蔵は、はっとしてその方へ体を向けたが、その刹那《せつな》、矢がうなりをあげて飛んできた。

「何奴！」

さすがに新当流の遣い手である。咄嗟にこれをかわしたのは見事であったが、続けざまに射られた矢が、深々と胸に突き立った。

「曲者！」

陽介は繋みに向き直り、

「根岸殿を御守りするのじゃ！」

と、供の二人と惣蔵の楯になったが、

「忝し……」

と、言いかけた惣蔵に、陽介はいきなり抜刀し刃を突き刺した。

「おのれ……」

惣蔵は己が不覚に歯嚙みしたが、供の二人がさらに迫った。

灌木の陰から半弓を射たのは物頭の房松とその配下であった。

この二人は弓の名手で、茅野一族の手先として、何度も謀殺に手を貸してきたのだ。

「ふん、武芸者などと申しても、少し智恵を絞れば容易《たやす》く討ち取れるものよ。親の恨みを晴らしに参ったか。毛受惣蔵、仙之助に構《かも》うたのが運の尽きよのう。死んでもらうぞ……」

止めを刺さんとした時、房松と半弓の一人が、血しぶきをあげて倒れた。

やっとのことで惣蔵に追い付いた、北条佐兵衛の妙技であった。

佐兵衛の後ろには江中仙之助がいたが、

「そなたは手を出すでないぞ」

と制した。

陽介は、仙之助の姿を見て驚愕《きょうがく》したが、その時には井出勝之助が供の二人を斬り、そのうちの一人の脇差を安三が素早く腰から抜いて、お竜に投げ渡していた。

お竜はさっと脇差を受け取ると、慌てて血路を開かんとする陽介の前に立ちはだかり、陽介が繰り出した一刀を払い、小太刀の技を胴に決めた。

伝授したばかりの北条一心流小太刀術の見事な冴えに、佐兵衛は僅かに微笑して、惣蔵に駆け寄った。

まだ息があった。

「根岸惣蔵殿……、いや、毛受惣蔵殿、弓矢で騙し討ちに遭いながら、五人を斬られたのは真にお見事！　北条佐兵衛、感服いたした！」

佐兵衛は助け起こしつつ声をかけた。

惣蔵の顔に笑みが浮かんだ。

この武芸者は、自分の素姓を知っていて、あくまでそのように済ませてくれようとしている。

佐兵衛の想いは仙之助にも通じた。

惣蔵を闇討ちにせんとしているところに出くわした時、

「助太刀いたすぞ」

佐兵衛は仙之助に告げていた。

仙之助の家中の者を斬る、それに得心いかねば後で自分がお前の相手になってやる。

一瞬にして己が意思を伝え、仙之助と惣蔵の再会の時を作ったのである。

仙之助は自分と主君を欺《あざむ》いた陽介達に怒りと虚しさを覚えつつ、惣蔵に駆け寄った。

互いの一年が、今この瞬間に台無しになってしまったのだ。しかし、何と声をかければよいのかと口ごもると、

「惣蔵殿、そなたは何か仙之助殿と、さらなる因縁があるのではござらぬか？」

佐兵衛が問うた。

「忝し……」

惣蔵はゆっくりと頷き、

「仙之助……、お前は毛受源太左衛門の息子、この惣蔵の弟なのだ……」

苦しい息の中、そう言った。

(九)

毛受源太左衛門は、江中光斎との果し合いに当って、自分の妻子については何も告げなかった。

しかしこの時、源太左衛門は、旅に妻子を同道していて、妻は身重であった。夫を亡くし、途方に暮れつつも、母子は江戸を目指さんとしたが、その道中すぐに母は仙之助を産み、産後の肥立ち悪く、やがて帰らぬ人となってしまった。

赤児の弟を抱えて、惣蔵は窮した。

源太左衛門は、果し合いに臨んだものの、江中光斎の人品《じんぴん》を認めていて、ゆめゆめ遺恨なきようにと惣蔵に申し伝えた。

「それならば、光斎先生にお前を育てていただこう……。そう思い、おれはお前を、先生の道場の門前に捨てて、旅に出たのだ……。今思えば他に致し様もあったはず……。だが、その時のおれには、それしか思い浮かばなかったのだ。許してくれ……」

苦しい息の下で、惣蔵は打ち明けて、仙之助に詫びた。

それを告げるためだけに、しばし命を繋いでいるように見えた。

「兄上……」

仙之助はただ呆然として、惣蔵の手を取った。

兄はきっと、自分を捨てたことを悔やみ、ずっと今まで仙之助のその後を気遣っていたのであろう。

弟の剣の腕を確かめ、立合で弟の技を引き出し、舟形家家中の者に、

――どうだ。これがおれの弟だ、強いであろう。

と知らしめてやろうと考えたのに違いない。

「兄上……、仙之助はこれまで幸せでございました。兄上を恨む想いはひとつも浮かんで参りませぬ……」

仙之助は次第に肚の底から湧き上がってくる感激に体を揺らした。

「左様か……。それを聞いて安堵した……」

「されど、兄上がこのような仕儀となり……」

「おれのことは気にするな。お前を捨て、師の想いを裏切り、やくざな道に落ち

たこともあった……。今は胸を病み……、どうせ長くはない命……。だが、この一年……、我が生涯、最良の日々であった……。仙之助、お前のお蔭だ……」

惣蔵はそう言うと、佐兵衛に目で礼を伝え、静かに目を閉じた。

「兄上……!」

突如、惣蔵が兄と知れたのだ。仙之助の感情は千々《ちぢ》に乱れた。

だが、まず今いたさねばならぬのは、北条佐兵衛、お竜、二人に加勢してくれた、勝之助、安三へ謝意を、我が君に、茅野陽介の非道を伝え、根岸惣蔵が見事に返り討ちにしてのけたと報せることだ。

「後はよしなに……」

佐兵衛は、しっかりと仙之助に頷くや、お竜、勝之助、安三に目配せをして、四人で駆け去ったのである。

舟形伊予守は、江中仙之助の報せを受けて、

「茅野めが……。そこまで腐っていたとは余の不徳のいたすところじゃ」

余りにも意外な結末に憤慨した。

半弓まで持ち出し、江中仙之助の立合相手を闇討ちし、返り討ちに遭ってしま

ったという茅野陽介の失態に怒り心頭に発したのであった。

仙之助は、自分が頼りないばかりに起きたことであったと詫び、

「このようなわたくしが、殿の剣術指南をいたすなど、畏《おそ》れ多うござりまする。暇《いとま》をお与えくださりませ」

主君に願い出たが、

「それでは、兄の想いが無になろう。そなたには、何人もの武芸者達の願いが籠《こも》っておるのじゃ。この先も伊予守を鍛え、己が思うままに武芸を極めてくれたらよい」

と、請われ、改めて一武芸者としての生き方を貫き、舟形家に残ることとなった。

同時に伊予守は、この機に乗じて、茅野一族を厳しく断罪し、悉《ことごと》く職を解き、改易の上永蟄居《えいちつきょ》、または減封《げんぽう》に処した。

とはいえ、すべての裁《さばき》が着いたのは、お竜達が佐兵衛の助太刀をして、案内人としての務めを果した日から、一月《ひとつき》ばかり後のことであった。

文左衛門は騒動の翌日、佐兵衛を労い、お竜、勝之助、安三も同席の上、再び小宴を開いた。

文左衛門は、佐兵衛が再び旅に出ることを見越していたのである。

佐兵衛は隠居の気遣いに、仙之助と出会って以来の落ち着かぬ心を休め、

「この度ばかりは、御隠居のお節介を笑われぬと、つくづく思うてござる。いや、あれこれと世話になり申した」

〝地獄への案内人〟の面々に謝したものだが、先日とはうって変わって、口数少なく武芸が織りなす人の縁と運命を、改めて噛み締めていた。

「権勢を守らんとすると、切れ者と言われた側用人も、おかしな方へ行ってしまう……。武芸に打ち込む者を侮るゆえにこのようなことになるのでござるな」

勝之助も、この日はいつもの洒脱な物言いは影を潜めた。

お竜も何を話してよいかわからず、黙って話を聞いていたが、

「江中光斎先生は、仙之助さんが毛受源太左衛門先生の子ではないかと、思っていたのでしょうか？」

ふと、気になることを問うた。

文左衛門は興味深げに頷くと、

「先生はどう思われますか」

佐兵衛に訊ねた。

「はて……。或いは、そうではないかと思うたかも知れぬが、子は授かりものゆえ、あくまでも自分の子として、余計なことは考えずに育てたのでござろう」

「なるほど、仙之助さんも、自分の運命を恨むことなく、父は光斎先生ただ一人と思って、生きてきたのでしょうな」

「いかにも。毛受源太左衛門殿を斬った光斎殿こそが父だと、今もその想いは揺らいではおりますまい。血の繋がりより術の繋がり……。それが武芸者の心と体を育《はぐく》むものにござれば……」

「巡り合いでございますな」

しみじみと思い入れをする文左衛門の言葉が、一座の者の心に沁みた。

さらにその翌日。

文左衛門が思った通り、北条佐兵衛は旅に出た。

この度は、お竜一人が浪宅の前で見送った。

「今はあれこれと江中仙之助は多忙を極めているはずだが、落ち着けば、きっとおれを訪ねてくるであろう。その時はよしなにのう」

「畏まりました……」

会えば照れくさいことになるであろうと、人に押し付けて去っていく。

いつもながらに困ったお人であるが、

——これも弟子の務め。仕方があるまい。

今、お竜はそのように思える。

「お早いお戻りをお待ち申し上げております」

にこやかに頭を下げたお竜に、

「世の中は、似た者同士が寄り集まるもののようじゃ」

佐兵衛は不意に言葉を投げかけた。

「江中仙之助さんのことですか？」

「いかにも、このおれも捨て子であった」

「左様で……」

「我が師・津田半左衛門先生が、旅の中《ちゅう》に捨てられているおれを拾い、伊賀の郷士に預け、内弟子として武芸を叩き込んでくれたのじゃ」

「先生……」

「お前には伝えておこう」

佐兵衛は次の言葉を探すお竜に言い置くと、そそくさと浪宅をあとにした。

——相変わらず、言葉足らずな。

お竜は、何故自分にそんな話をしたのか、頭の中で考えを巡らせた。

仙之助が捨て子であったと聞いた時、それゆえ深く肩入れしてしまったのだと、お節介の言い訳をしたかったのであろうか。

自分に武芸を仕込んでくれた師・津田半左衛門こそが、父であった。

そんな感傷を、旅立ちに当って、お竜に伝えておきたかったのであろうか――。

佐兵衛を半左衛門が拾った時の状況。

養家であったと思われる、北条家とはその後、どういう付合いがあるのか。

まだまだ知りたいことがある。

それはまた帰った時にということか。

まったくやきもきとさせる人である。

「お前には伝えておこう……、か」

とにかく弟子である自分には、話しておきたくなったのだ。嬉しいことだ。

どこか不器用な北条佐兵衛への敬慕が、お竜の胸を締めつけた。

それが武芸の弟子としてのものなのか、女の情念からくる恋なのか……。

いずれにしても、好い心地であった。

お竜は遠ざかる佐兵衛の後ろ姿を飽きずに見つめながら、浮き浮きとしてそんなことを考えていた。

文春文庫

巡《めぐ》り合《あ》い
仕立屋《したてや》お竜《りゅう》

定価はカバーに
表示してあります

2025年2月10日　第1刷

著　者　岡《おか》本《もと》さとる
発行者　大沼貴之
発行所　株式会社 文藝春秋

東京都千代田区紀尾井町 3-23　〒102-8008
TEL　03・3265・1211(代)
文藝春秋ホームページ　https://www.bunshun.co.jp

落丁、乱丁本は、お手数ですが小社製作部宛お送り下さい。送料小社負担でお取替致します。

印刷製本・TOPPANクロレ

Printed in Japan
ISBN978-4-16-792329-7